時代小説

武者の習《ならい》

火坂雅志

祥伝社文庫

目次

尾張柳生秘剣

第一章　蟄《ちっ》居《きょ》

一

庭を、二匹の黄色い蝶《ちょう》が舞っている。

うららかな陽気にさそわれたか、蝶はツツジの植え込みの上を絡《から》み合うように舞い、柳の枝の垂れる池のほうへ翔《と》んでゆく。

のどかな春の眺《なが》めであった。

柳生新左衛門清厳《やぎゅうしんざえもんきよとし》は、庭をのぞむ書院ノ間に座し、蝶のたわむれ翔ぶさまを見つめていた。

またたきの少ない、怜悧《れいり》な光をたたえた目であった。

この寛永《かんえい》十四年（一六三七）、新左衛門は二十三歳になった。尾張徳川家《おわりとくがわ》の兵法《ひょうほう》指南役、柳生兵庫助利厳《ひょうごのすけとしよし》の長男である。

兵庫助は、柳生新陰流《しんかげ》の祖石舟斎《せきしゅうさい》の道統を継ぐ、剣の達人にほかならない。

その兵庫助の長子として生まれた新左衛門は、本来であれば、剣の名門柳生家の輝かしき栄光を一身に受け継ぐべき立場にある。

しかし――。

いまの新左衛門は、剣とも、父とも、まったく無縁な場所で生きていた。

（我が身が、あの蝶であったなら……）

新左衛門は、ふと思った。

池の水面《みなも》すれすれを舞っていた蝶は、そのまま築山《つきやま》を越えて花曇りの空のかなたへ翔び去ってゆく。

二匹の蝶と一緒に、新左衛門はおのが心まで、空へ向かって憧《あこが》れ出てゆくような気がした。

「新左衛門どの、何をなさっておられます」

そのとき、後ろで声がした。

振り返った新左衛門の目に飛び込んできたのは、すらりと背すじの伸びた若い女の姿であった。

胡蝶《こちょう》の柄《がら》を散らした梅鼠《うめねず》の落ち着いた小袖が、細おもての美貌によく似合う。

「何だ、叔母上《おばうえ》か」

廊下に立つ女の顔を見て、新左衛門は目をほそめた。

「何だは、ないでしょう。それに、叔母と呼んではなりませぬと、前々から申しております」

形のいい女の唇から、きびきびとした言葉が投げつけられた。

「しかし、叔母上……」

と言いかけてから、新左衛門は、

「いや、志乃《しの》どの」

女の名をあらためて呼び直した。

「あなたは二年前に死んだ我が母上の、腹違いの妹だ。叔母と呼んでどこが悪い」

「いけませぬ」

志乃が怒った顔をした。

そんな表情をすると、黒目がちの瞳がきらきらと輝いて見え、澄んだ肌の美しさがいっそう引き立つようである。

「じつの叔母、甥《おい》とはいえ、わたくしは新左衛門さまより、ひとつ年上なだけなのですよ。志乃どのとお呼びなさい」

命ずるように言ってから、志乃はふっと表情をゆるめた。

「それよりも、ずいぶんと熱心に庭のほうを眺めていたようですが、いったい何をご覧になっていたのです」

「蝶です」

「蝶……」

女が庭に視線を投げた。

「もはや、おりませぬ。どこかへ翔んでいきました」

「めずらしい蝶ですか」

「いや。どこにでもいる黄色い蝶だった。ただ、いずこへも勝手気ままに翔んでゆける蝶がうらやましく、それに引きかえ、我が身が情けなくなっただけのこと」

新左衛門の若々しく引き締まった頬《ほお》に、自嘲するような片笑いが刻まれた。

「新左衛門さま……」

志乃のいたわるようなまなざしが、いまの新左衛門にはかえってわずらわしく感じられる。

新左衛門が、

——小林《こばやし》の邸《やしき》
と、呼ばれる尾張柳生家の別邸に蟄居《ちつきょ》させられてから、三月が経《た》つ。

名古屋《なごや》城下から半里南へ離れた小林郷にある別邸のまわりは、田圃《たんぼ》と畑と竹林が広がり、近くにあるのはわずかに二、三軒の百姓家ばかりという寂しい場所だった。

新左衛門に蟄居を命じたのは、父の兵庫助である。

「明日より、そなたはお城への出仕まかりならぬ」

父の冷厳きわまりない言葉が、いまも新左衛門の耳に残っている。

「元気をお出しなさいませ、新左衛門さま。お父上とて、いつまでもお許しにならぬということはございますまい」

「さあ、どうだろうか……。父上は、この新左衛門を憎んでおられるからな」

「それは考え過ぎというものです」

志乃が笑った。

新左衛門の横にすわり、腕にかかえてきた風呂敷包みを差し出すと、

「あなたの好きな草餅《くさもち》をつくってまいりました。ふさぎ込んでばかりいないで、たんと召《め》し上がって下さいませ」

「いつも世話をかけてすまぬ、叔母上」

「ほら、また」

女の透《す》きとおった笑い声が、人気《ひとけ》の少ない屋敷に明るく響きわたった。

二

その事件がおきたのは、いまから三月あまり前のことだった。

新左衛門はあるじの尾張藩主、徳川義直《よしなお》の供をして、夜分、ひそかに城を抜け出した。

行き先は、

——宮《みや》ノ宿《しゆく》
である。

名古屋の城下から南へ一里（約四キロ）ほど離れた宮ノ宿は、東海道の宿場であると同時に、熱田神宮《あつたじんぐう》の門前町として古くから殷賑《いんしん》をきわめてきた。

戸数は千戸。

名古屋城下ほど町の規模は大きくないが、城下にはないものがあった。

「宮ノ宿には、豪奢《ごうしゃ》な廓《くるわ》が軒《のき》をつらね、夜でも真昼のごとき明るさだそうじゃ。後学のため、廓と申すものを見物してまいろうではないか」

義直が、昼のうちに、新左衛門の耳にそっと耳打ちをした。

それが、そもそものことの発端《ほったん》であった。

尾張柳生家の惣領《そうりよう》である新左衛門は、まだ前髪立《まえがみだ》ての少年のころから、十五年上の義直に小姓《こしよう》として仕えてきた。

義直は、匂い立つように凜々《りり》しい風貌の新左衛門をことのほか可愛《かわい》がり、つねに身近において離さなかった。溺愛《できあい》と言っていい。

ために、新左衛門は元服するや、父兵庫助の所領五百石とは別に、藩主からとくに三百石を与えられた。

兵法指南役をつとめる兵庫助が五百石であることを考えれば、武功のひとつも立てたことのない小姓の三百石は、まさに破格の待遇といえる。

人目にあまるほどの義直の寵愛ぶりから、

——尻で取ったる三百石
と、家中で陰口をたたく者もいた。

主君と衆道《しゆどう》の契《ちぎ》りを結び、そのおかげで三百石をたまわったというのだ。

しかし、じっさいのところ、義直にその気《け》はなく、主従は年の離れた兄弟のごとき友情で結ばれていた。

この夜も、まだ女を知らぬ新左衛門に、宮ノ宿の廓で味をおぼえさせてやろうという義直のいたずら心が働いた。

新左衛門のほうは、主君に命じられるまま、やむなく夜の忍び歩きに従った。

城主の夜歩きはあまり褒《ほ》められたものではないが、若い新左衛門としては、我がまま勝手な義直に、

「なりませぬ」

と、意見をすることもならない。

紫縮緬《ちりめん》の頭巾《ずきん》で顔を隠した主従は、宮ノ宿の、

――呑海楼《どんかいろう》
なる茶屋へ入った。

呑海楼は、宿場一の大きな茶屋である。義直は、忍びで何度か来たことがあるらしく、勝手知ったる顔で、二階のいちばん奥まった座敷へあがった。

壁も、天井も、すべて黒漆で塗られ、そこに扇面の模様をかたどった青貝がちりばめられている。

灯明《とうみよう》の明かりを吸って底光りする青貝の輝きのあやしさに、新左衛門は目も眩《くら》み

そうになったのをおぼえている。

揚屋《あげや》から妓《おんな》が呼ばれ、賑《にぎ》やかな酒宴となった。

義直は上機嫌で杯《さかずき》をかさねた。

新左衛門は、さすがにあるじをはばかって酒は過ごさなかった。が、宴《うたげ》のあと、主君の命で相方《あいかた》になった小鶴《こづる》という妓との行為が、若い新左衛門の心と体を酒よりも深く酔わせた。

遊び馴れた義直が選んだだけあって、小鶴はその道に堪能な妓であった。別室にふたりきりになり、かたくなっている新左衛門を、小鶴はたくみに導いた。

その夜、新左衛門は初めて女を知った。

二十三歳といえば、男としては遅い経験だが、柳生家のような剣の家では、女色は修行のさまたげになるとして、女人とのまじわりをできるだけ避けようとする傾向にある。

剣聖宮本武蔵《みやもとむさし》は生涯、妻を持たなかったし、塚原卜伝《つかはらぼくでん》や新左衛門の父柳生兵庫助も、剣術修行の終わった三十代なかばにいたって、ようやく妻帯している。

新左衛門も、父兵庫助の命により、この日までいっさい女を近づけず、ひたすら剣の修行のみに打ち込んできた。

（女人とは、かほどにたわたわと、優艶《ゆうえん》なるものか……）

ことをすませた新左衛門の頭は、霞《かすみ》がかかったように、ぽうっとなった。

夜半すぎ、主君の供をして城へ帰る道すがらも、新左衛門はそのときの女の恥態や、熱くやわらかな肌の感触ばかりを脳裡に思いえがいていた。

賊が襲ってきたのは、城下南寺町の曹洞《そうとう》宗寺院、大光院《だいこういん》の門前まで来たときだった。

暗がりから、いきなり、白刃が降ってきた。

とっさにかわしたが、わずかに遅れ、新左衛門がかかげていた提灯《ちょうちん》が二つに裂けて吹っ飛んだ。

新左衛門は後ろにいる主君義直をかばいつつ、退《さ》がりながら腰の刀に手をかけた。

刀を抜き放ちざま、

「何者ッ！」

新左衛門は闇を見すえた。

空に月はない。

ほのかな星明かりに浮かび上がったのは、顔を頭巾でおおった男の影だった。

全身に、凄《すさ》まじい剣気が満ちている。

（辻斬りか……）

主君を背にしている新左衛門は、内心、胃がせり上がるような緊張をおぼえた。

むろん、腕には自信がある。

物心がつくやつかずのころから、父兵庫助に厳しく剣の技をたたき込まれている。

父や祖父石舟斎ゆずりの天賦《てんぷ》の才にめぐまれた新左衛門は、城下中ノ町にある柳生新陰流の道場でも、めきめきと頭角をあらわし、近ごろでは父の高弟たちでさえ新左衛門には歯がたたぬほどになっていた。

しかし、それはあくまで道場のうえのことである。

天下泰平《たいへい》の世に生をうけた新左衛門は、実戦で人と斬りあったことがない。真剣をもって敵とわたり合うのは、生まれてはじめての経験だった。

ものも言わず、賊がツッと近づいてきた。

真っ向から斬りかかってくる。新左衛門は踏み込みながら、鍔元《つばもと》でしのいだ。

――カッ
と火花が散り、金気《かなけ》が臭《にお》う。

（できる……）

受けた一太刀《ひとたち》で、相手が容易ならざる腕の持ち主であることがわかった。

鍔ぜり合いをしたが、敵の剛力に圧迫される。たまらず、新左衛門は退《さ》がった。

「加勢いたすぞッ、新左衛門」

声を発し、背後の義直が横へ動く気配がした。

尾張六十一万余石の藩主義直は、新左衛門の父兵庫助から印可を受けた新陰流の使い手でもある。

だが、家臣として、主君の身を危険にさらすような真似《まね》は、断じてさせるわけにはいかない。

「なりませぬ、殿ッ！　ここは、新左衛門におまかせを……」

新左衛門が叫んだとき、鍔ぜり合いをしていた敵が、

――スッ

と後ろへ身を引いた。

瞬間――。

敵が退《しりぞ》いた空間を、白刃が斬り裂いた。義直の剣である。

「殿ッ、お退がりを！」

新左衛門はするどく叫び、前へ踏み込んだ。刀を雷刀《らいとう》（上段）にかまえ、相手を圧するようにじりじりと進み出る。

敵は動かない。構えは右八双《はっそう》。

黒い影が巌《いわお》のごとく大きく見える。

新左衛門の背すじを、冷たい汗が流れた。

（隙《すき》が見えぬ……）

斬り込もうにも、敵の五体には一分の隙もない。

圧しているようでいながら、逆に追い詰められているのは自分自身。間合いをせばめるほど、もの言わぬ相手のしずかな迫力に圧倒され、ともすれば袴《はかま》の膝頭《ひざがしら》が震えそうになった。

（だらしないぞ、新左衛門）

新左衛門はみずからを叱咤《しった》した。

辻斬り相手に後れをとっては、尾張柳生家の名が泣く。何より、今日まで自分を可愛がってくれた主君の義直に申しわけが立たない。

（我が命に引きかえても、殿をお守りせねば……）

開き直ったとたん、にわかに肚《はら》がすわった。

「参るッ！」

水鳥が低く水面を飛び立つように、新左衛門は敵に近づいた。

同時に、敵も前へ動いた。

その肩口めがけ、新左衛門は気合もろとも斬り下ろす。

(斬った……)

と思った。

が、切っ先は敵の袖を切り裂いただけで、闇に銀光を曳《ひ》いて流れた。

——あッ
と、息を呑《の》んだとき、斜めに身をかわした敵の刃《やいば》が低く地を這《は》い、新左衛門の左の足首を払っていた。

袴の裾が裂け、鮮血が噴き出た。

たまらず、膝から崩れそうになるが、必死にこらえ、中段の構えをとる。

「殿ッ、お逃げ下されませーッ!」

声を振りしぼり、右足をふんばって叫んだ。

みずからを楯《たて》にして、主君を逃がそうとする新左衛門の思いとはうらはらに、義直が、

「助太刀《すけだち》いたすぞッ」

前に進み出てきた。

いかに新陰流の印可を受けているとはいえ、義直の腕でかなう相手ではない。

（いかぬ……）

新左衛門の背筋に冷たい汗が流れた。

と——。

そのとき、案に相違して、敵が刀を引いた。二、三歩、ゆっくりとこちらを見つめながら後退し、いきなり身をひるがえすや、夜の道を駆け去っていった——。

新左衛門の怪我《けが》は、意外に深手《ふかで》だった。

左足の腱《けん》が断《た》ち切られ、おもての傷が癒《い》えたあとも、かるく片足を引きずるようになっていた。

「不心得者め」

父兵庫助は新左衛門を叱責《しっせき》した。

「酒をくらって放遊《ほうゆう》の果てに、主君に刃を向けた敵を逃すとは、柳生家の嫡男《ちゃくなん》にあるまじき不覚。もはや、君側への出仕はまかりならぬ。いさぎよく、禄《ろく》を返上せよ」

父の言うとおりであった。

敵が刀を引いたからいいようなものの、あのまま義直の身に危害がおよんでおれば、ただではすまない。

累《るい》は新左衛門ひとりではなく、尾張柳生家そのものにおよんだであろう。

主君義直は、

「新左衛門に罪はない。無理に連れ出したわしが悪かったのじゃ」

とかばったが、兵庫助は息子の新左衛門を許そうとしなかった。

父の言いつけどおり、新左衛門は主君より与えられた三百石を返上。小林の邸に逼《ひっ》塞《そく》した。

亡き母の妹で、いまは柳生家本邸で奥向きの手伝いをしている志乃以外、たずねて来る人とてない孤独な蟄居生活であった。

三

悶々《もんもん》とした日々を、新左衛門はすごした。

（おれはこのまま、一生、陽《ひ》のあたらぬ場所に身を置かねばならぬのか……）

それだけは、断じて嫌だった。

自分はまだ若い。人生をあきらめるには、ありあまるほどの将来《さき》への夢と、熱い血潮が身のうちを流れていた。

つい三月前まで、主君義直の寵愛を一身にあつめ、家中の者たちの羨望《せんぼう》のまなざしを受けていたころの記憶が、新左衛門の脳裡を去らない。

(殿のおそばへ、ふたたび出仕したい)

新左衛門は強く願った。

返り咲きを果たすためには、まず、あの辻斬りをとらえ、みずからの恥を濯《すす》がねばならない。そうすれば、いかに厳格な父兵庫助であっても、必ずや新左衛門をみとめ、蟄居をといて帰参をみとめるはずであった。

(よし……)

ひそかな闘志を胸に秘め、新左衛門は夜を待った。

亥《い》ノ刻(午後十時)——。

小林邸に詰めている小者や中間《ちゆうげん》たちが寝しずまるのを待って、新左衛門は裏木戸から屋敷を抜け出した。

腰におびる佩刀《はいとう》は、法城寺《ほうじじようじ》国光《くにみつ》二尺八寸。かつて、新左衛門が御前仕合で有馬新《ありましん》兵衛《べえ》なる新当《しんとう》流の兵法指南役を打ち破ったとき、藩主義直からじきじきにたまわったものである。大名物といっていい名刀で、大切にしまっていたため、いままで一度も身におびたことがない。新左衛門は、今宵《こよい》、それを腰に差した。

春のおぼろ月が、やわらかな光を投げかけている。

新左衛門が考えるに、あの夜の辻斬りは、とくに藩主義直を狙《ねら》って襲ってきたものとは思えなかった。

暗殺者ならば、義直と相《あい》対したあの場で、ためらうことなく凶刃《きょうじん》を振り下ろしていたであろう。

とすれば、賊はただの腕だめしに、新左衛門たちを襲ってきたことになる。辻斬りは一度その味をおぼえると、癖《くせ》になるともいう。人気の少ない城下の暗がりを、夜な夜な徘徊《はいかい》しておれば、ふたたび同じ賊に遭遇する可能性が高かった。

（しかし、いまひとたび立ち合ったとして、あやつに勝てるか……）

かすかな不安が新左衛門の胸をかすめた。

不意討ちをくらったとはいえ、あのときは新左衛門の完敗であった。ましていまは、賊にやられた傷がもとで、左足を引きずっている。絶対に勝てるという自信は、新左衛門にはなかった。

だが、新陰流開祖石舟斎の道統を継ぐ柳生兵庫助の嫡男として、同じあやまちは二度と許されるものではない。

（見ておれ……）

新左衛門の双眸《そうぼう》に、悲壮な決意がみなぎった。

新左衛門が向かったのは、義直とともに辻斬りに襲われた大光院の門前だった。

あたりは、寺町である。通りの両側に並ぶ寺々の門は、かたく閉ざされ、闇のなかに白塀が細長くつらなっている。

新左衛門は門のわきの暗がりに身を沈め、刀の柄《つか》に右手を置きつつ、全身を緊張させて待った。おそらく、あの夜の賊も、いまの新左衛門と同じように背中をたわめ、獲物を待ち受けていたにちがいない。

一刻《いっとき》（二時間）がすぎた。

ただでさえ人通りの少ない寺町を歩く者の影はなく、時だけが流れてゆく。遠くで野良犬の咆哮《ほうこう》がした。

さらに、半刻――。

やはり賊はあらわれない。

（この場所で待っていても、無駄か）

一ヶ所に身をひそめて待ち受けているより、敵の目につくように城下を歩きまわったほうが、あるいは手っ取り早いかもしれない。

新左衛門が、暗がりから、月明かりのこぼれるおもての通りへ出ようとしたときだった。

通りを、影が横切った。

（賊か……）

と、肩に力を入れたが、そうではない。

人目をはばかるように、小走りに夜の道を行くのは女であった。それも、うら若い女人である。

（このような夜更《よふ》けに若い女が……）

新左衛門は、ちらりと後ろを振り返った女の顔を見て、

――あッ
と、思わず声をあげそうになった。

女は、志乃であった。

月明かりのなかで、いくぶん顔が蒼《あお》ざめ、表情がこわばっているが、すらりとした立ち姿は志乃に間違いない。

（なにゆえ、志乃どのがこのようなところにいる）

志乃は、じつの姉である新左衛門の母佳乃《よしの》が亡くなったあとも、中ノ町の柳生家本

邸で暮らしている。

もともとは、大和柳生の里の生まれだが、姉の縁で尾張柳生道場の高弟のもとに嫁《とつ》ぎ、わずか一年にして夫と死別、姉の婚家の家事を手伝うようになった。

生まれつき病《やまい》がちであった新左衛門の母とちがい、志乃はしっかりとした働き者で、いまや柳生家の奥向きにはなくてはならぬ存在になっていた。

その志乃が、夜中、屋敷を抜け出し、いったいどこへ行こうというのか——。

だいいち、

(辻斬りにでも遭《あ》ったらどうする……)

新左衛門はみずからの目的も忘れ、無我夢中で女のあとを追いかけた。

志乃が、こちらに気づいているようすはない。

声をかけようかと思ったが、何となくはばかられた。夜道を急ぎ足で行く志乃の背中に、秘密めいた匂いがしたのである。

(もしや、男に会いに行くのではないか)

と、思った。

出もどりとはいえ、志乃はまだ若く美しい。女ざかりの志乃を、まわりの男たちが放っておくはずがない。

げんに、尾張藩の家中のなかで、志乃に付け文《ぶみ》をよこす者は、これまでに一人や二人ではなかった。

女のあとを追いながら、新左衛門は胸が灼《や》けた。

ふだんは軽口を言いあったり、憎まれ口をきいたりもするが、新左衛門は内心、この美しい年上の叔母に憧《あこが》れを抱いていた。

それは、

――恋慕の情

と言えるほど、はっきりとしたものではない。

だが、志乃が姉を頼ってはじめて屋敷へあらわれたときから、新左衛門が女に対し、あわあわとした思いを抱きつづけてきたのはたしかである。

それゆえ、いっそう、女の真夜中の忍び歩きは気になった。

やがて、志乃が道を曲がって、路地に入った。

そのあたりは、

七《なな》ツ寺

真福《しんぷく》寺

と、古刹《こさつ》の塀がつづいている。さらに向こうには、こんもりとした白山社の杜《もり》が闇に沈んでいた。

志乃が、七ッ寺の角を右へ折れた。少し遅れて、新左衛門も曲がる。

次の瞬間――。

新左衛門の足が止まった。

志乃の姿がどこにも見えない。闇に溶け込んだように消え失《う》せている。

（どこへ行ったのだ……）

新左衛門は焦《あせ》った。

道は、路地の奥で行き止まりになっていた。

よくよく見ると、民家の塀にかこわれた路地の突き当たりに小さな木戸があり、それが細めにあいている。志乃は、その木戸の向こうへ姿を消したとしか考えられない。

（志乃どのの、あだし男の屋敷か……）

胸の奥で、ますます妬心《としん》が燃えあがった。

新左衛門は木戸の扉を押しあけ、誰のものとも知れぬ屋敷へ忍び入った。

入ったところは裏庭なのだろう。井戸があり、そのそばに大きな柿の木があった。

志乃の姿はどこにも見えない。

新左衛門が左右を見まわしたとき、

「何をなさっているのです、新左衛門さま」

後ろで女の声がした。

振り返ると、そこに志乃が立っていた。

四

「ほんとうは、内緒にしておこうと思っていたのです」

柿の木の下に佇《たたず》んだ志乃が、小さなため息まじりに言った。

「内緒とは、何をだ。志乃どのは、この家の男とできている――いや、情を通じ合っ
てでもいるのか」

新左衛門は、頬に朱《あけ》の色を立ちのぼらせた。

「わたくしが、男と……。新左衛門さまは、そのようなことを疑って、わたくしのあ
とをつけていらしたのですか」

「あ、いや……」

とがめるような女の視線に、新左衛門は目を伏せた。

「大光院の門前で、志乃どのの姿を見かけたのだ。どのようなわけがあるか知らぬが、おなごの夜歩きを黙って放っておくわけにはいくまい」

「では、わたくしのことを心配して……」

「当たり前だ。男に会いに来たのでないなら、志乃どのはここに何をしにまいられたのだ」

「あれでございます」

志乃が、庭のすみを振り返った。

葉をしげらせたケヤキの木のかげに、小さな祠《ほこら》がまつられている。

「あれは……」

「摩利支天《まりしてん》の祠でございます」

言いながら、志乃は祠のそばにゆっくりと歩み寄り、

「こちらのお屋敷の摩利支天の祠は、たいそう霊験《れいげん》あらたかだといい、昔から戦場へおもむく武将が、武運長久を祈りに来たのだと申します。わたくしは、その噂を聞き、屋敷のお方に頼み込んで、こうして夜ごと、祠へ祈りにまいっていたのです」

「祈るとは、何を？」

「…………」

新左衛門の問いに、志乃は何も言わず、祠の前にしゃがみ込んだ。

両手を合わせ、祠を拝む。

闇のなかに浮かびあがるうなじが、痛々しいまでに白かった。

立ち上がって、あらためて美しい目で新左衛門を見つめなおすと、

「あなたさまには、摩利支天のご加護がついております。きっと、じきにお役目に復帰なされましょう」

「それでは……」

志乃がこくりとうなずいた。

「志乃どの」

新左衛門は、胸にあたたかいものが流れ落ちるのを感じた。

「わたくしが、これほど案じておりますのに、新左衛門さまこそ、小林の邸を抜け出して何をなさっておられたのです」

「辻斬りを探していた」

新左衛門は、自分が辻斬りをみずからの手でとらえ、恥を濯《すす》ぐつもりであることを志乃に打ち明けた。

「そのような危ない真似をなさって……。もしものことがあったら、どうなさいま

す」

志乃が怒ったように言った。

「いや、今度会ったら、同じ不覚はとらぬ。おれはあのとき、たしかに賊の片袖を斬った。もう少し、深く踏み込んでおれば、賊をこの手で討ち果たしていたかもしれぬのだ」

「どうぞ、賊をお探しになるのは、おやめ下さいませ。新左衛門さまにもしものことがあってはなりませぬ……」

暗がりのなかで、よくはわからぬが、女の顔にかすかな感情の揺らめきがあらわれたような気がした。

新左衛門の胸に、にわかにいとしさが込みあげた。

「志乃どの」

新左衛門は思わず、女の細い肩を抱き寄せようとした。

「いけませぬ」

志乃が後ろへ身を引く。

「なぜだ。おれが志乃どのより年下の若造だから、相手になどできぬというのか」

「そうではありませぬ」

志乃はかぶりを振った。

「わたくしは、あなたの叔母でございます」

「叔母と呼ぶなと言ったのは、あなたではないか」

「それとこれとは話が別です。わたくしは、あなたさまより年上なうえに、一度は他家へ嫁いだ身。新左衛門さまには不似合いな女です」

志乃は拒むように言った。

五

それからしばらく、志乃は小林の邸にあらわれなかった。

季節は、いつしか木々に青葉が萌《も》え立つ初夏になっていた。

志乃にはやめよと言われたが、新左衛門は夜ごとの辻斬り探しをつづけている。執念といっていい。夜中に屋敷を抜け出して、明け方近くまで城下を歩きまわるのだ。

しかし、辻斬りは姿を見せなかった。

屋敷の小者たちにも、それとなく聞いてみるのだが、城下に辻斬りが出没するなどという噂は、いっこうに耳にせぬようである。

（あれは、ほんとうに、ただの辻斬りだったのだろうか……）

新左衛門の胸にあらたな疑問が湧いた。

志乃は来なかったが、代わりに小林の邸をたずねてきた者がいる。

弟の茂左衛門利方《もざえもんとしかた》であった。

茂左衛門は、新左衛門より五つ年下の十八歳。剣の才にめぐまれ、容貌秀麗で何かと人目に立つ兄とちがい、どことい って取り柄《え》のない表情の鈍い弟である。はなやかな兄新左衛門のかげに隠れ、いままでは家中で人の噂にのぼることもめったになかった。

茂左衛門の剣技は、ひとことで言えば、

――凡《ぼん》
むしろ、腹違いの末弟の新六《しんろく》（のちの連也斎《れんやさい》）のほうが、弱冠十三歳ながら、父兵庫助や兄新左衛門につぐ天賦の才の片鱗《へんりん》をあらわしはじめている。

その、日蔭の花のごとき弟の茂左衛門が、新左衛門の顔を見るなり、

「お願い申し上げる。それがしに稽古《けいこ》をつけて下されば」

がばりと頭を下げた。

「どうしたのだ、茂左衛門」

新左衛門は問い返した。

返事はない。

代わりに、茂左衛門の目からポタポタと大粒の涙がこぼれ落ち、畳《たたみ》を濡らした。

「無念にございます、兄上」

茂左衛門は、喉《のど》の奥から言葉を絞り出すように言った。

「何かあったのか」

「はい」

「泣いているばかりではわからぬ。わけを話してみよ」

「じつは……」

と、茂左衛門が事情を語りだした。

それによれば――。

茂左衛門は剣は不得手《ふえて》だが、漢詩をつくるのが上手で、以前から藩お抱えの儒者吉《よし》田君山《だくんざん》がもよおす、

――吟園社《ぎんおんしゃ》
なる詩文の集まりに顔を出していた。

つい三日前にもつどいがあり、その帰途、茂左衛門に難癖をつけてくる者があっ

た。吟園社に新しく入ったという、石垣銀兵衛《いしがきぎんべえ》である。

銀兵衛は、新左衛門と同い年で、ともに藩主義直の小姓をつとめ、腕は新左衛門におよばぬものの、一刀流《いっとうりゅう》の印可を受けていた。

「おう、尻で三百石を取った陰間《かげま》の弟ではないか」

銀兵衛は悪意に満ちた目で、茂左衛門をねめつけた。

「おまえも兄にならい、尻で殿に取り入るか。どうせ、兄弟そろって、剣では殿のお役に立たぬのだ。せいぜい尻の技に磨きをかけておくがいい」

「何をッ!」

温厚な茂左衛門ではあったが、そこまで馬鹿にされては、さすがにカッと頭に血がのぼった。

売り言葉に買い言葉で、銀兵衛と果たし合いをする仕儀にいたった。

だが、いかんせん、茂左衛門は剣の腕に自信がない。果たし合いの日も迫り、弱りはてて兄のもとへ相談に来たのだという。

「石垣銀兵衛は、前々から、おれが殿の気に入りであることを妬《ねた》んでいたからな」

新左衛門は、かるく眉《まゆ》をひそめた。

「して、果たし合いの日取りはいつだ」

「次の満月の晩」

茂左衛門は苦しげに言った。

「満月の晩というと、六日後か……。いかに何でも、それまでに、にわか稽古で腕をあげようとは無理というものだ。このこと、父上には？」

「申し上げておりませぬ。言えば、父上は遺恨による果たし合いなどもってのほかと、烈火のごとくお怒りになりましょう」

「であろうな」

父兵庫助の反応は、新左衛門にもおおよその予想はついた。

「いまさら、果たし合いはできぬなどとは、口が裂けても申せませぬ。さりとて、それがしが仕合に負ければ、尾張柳生家の名に取り返しのつかない疵《きず》がつくは必定《ひつじよう》」

「うむ……」

新左衛門は考え込んだ。

弟の苦衷《くちゆう》は、よく理解できた。できれば、代わって自分が銀兵衛をたたきのめしてやりたいところだが、謹慎中の身ではそれもままならない。

「よし、わかった。おまえが奴に勝つ手立てが、たったひとつだけある」

「まことでござりますか、兄上」

茂左衛門が、パッと顔を輝かせた。

「変則的な手だが、このさい仕方あるまい。庭へ出よ、茂左衛門」

「は、はい」

ふたりは立ち上がって庭へ出た。

茂左衛門が、ふところから取り出した襷《たすき》の端を口にくわえ、きりきりと袖《そで》をからげて身支度をととのえた。

兄弟はそれぞれ、

――ひきはだ竹刀《しない》
を手に取った。

ひきはだ竹刀は柳生新陰流独特のものである。割り竹を、柿渋を沁《し》み込ませたなめし革でおおってあり、強く打ち込んでも怪我《けが》をすることが少ない。

「さあ、どこからでもかかってまいれ」

「しかし、兄上は足が……」

茂左衛門は、傷ついた兄の左足の具合を気にしているようである。

「気にするな。左足が多少利《き》かずとも、おぬしに後れをとるような兄ではない」

「申されましたな」

茂左衛門が踏み込みざま、いきなり打ちかかってきた。

だらりと剣先をたらし、無形《むぎょう》の位《くらい》をとっていた新左衛門は、伸びてくる相手の竹刀の先を横へかるく払った。

それだけで、茂左衛門は前のめりに突っ込み、体勢を崩す。

新左衛門がすかさず真剣で斬り下ろしていれば、茂左衛門の首と胴は、いまごろつながってはいまい。

新左衛門は素早く竹刀を引き、後ろへ退がった。

「まいれッ！」

「おうッ」

茂左衛門がつづけざまに打ち込んでくる。新左衛門はそのたびに身をかわし、変幻自在に受ける。

新陰流の、

——転《まろばし》

の勢法である。

〝転〟とは、禅語でいうところの「円転滑脱」の略語で、ひとつところに心を留《とど》めず、たえず物が転がるように、あるいは水が流れるように、相手の出方に応じて千変万化の動きをすることをしめす。自在の動きのなかで、相手の隙を見いだし、一気に打って出て勝利をおさめる。それが〝転〟の勢法であった。〝転〟にかかった相手は、ちょうど雲か霞《かすみ》でも斬っているような状態になり、疲労困憊《こんぱい》することになる。

柳生新陰流の祖石舟斎が工夫した〝転〟の勢法は、道統を受け継いだ尾張柳生の兵庫助につたわり、新左衛門はその父から、新陰流の秘伝を徹底的に仕込まれていた。

しかし、未熟な茂左衛門は、〝転〟の勢法をいまだ身につけてはいない。

「そのようなことでは、石垣銀兵衛に勝てぬな」

茂左衛門はすでに息があがっている。

額に汗を浮かべ、紅潮した顔に、焦りの色がにじんでいた。

「お教え下され、兄上。それがしのような未熟者が、敵に勝つ方法とは……」

「よし」

と新左衛門は、あらためて弟にその技を指南した。

六

父兵庫助が、小林の邸にめずらしく姿を見せたのは、茂左衛門の訪れから七日後のことだった。

果たし合いはどうなったかと、弟のことで気を揉んでいた新左衛門は、怒気をはらんだ父の目を見て、

(何かあったな……)

瞬時に悟った。

兵庫助の手には、稽古用のひ、き、は、だ竹刀が握られていた。

「わしが今日、なにゆえここへ来たか、そなたにはわかっておろうな」

「………」

「答えよッ、新左衛門ッ!」

脳天を打ち砕くような、兵庫助の雷声が飛んだ。

「もしや……。茂左衛門のことでございますか」

新左衛門は父の目を見ずに返答した。

「そなた、おのれが茂左衛門に何を教え込んだか、わかっておるのか」

「果たし合いに勝つための兵法にございます」

「兵法だと」

兵庫助の額に青すじが浮き出た。

「他流の秘伝、しかも片手斬りなどという邪剣を兵法と抜かすかッ！」

「片手斬りのこと、茂左衛門が父上に申し上げたのですか」

「夜間、庭でひとりで稽古をしていたところを、わしが見つけた。即刻、果たし合いはやめさせ、家の奥に押し込めにしたわ」

「…………」

新左衛門は蒼《あお》ざめた。

弟茂左衛門に対し、新左衛門が教えたのは、鹿島《かしま》新当流の大極意、

――敵に近づく可《べ》し、敵を近づける可からざるの事
と呼ばれる片手斬りの技であった。

これは、中段にかまえた敵が、斬りかかろうと大上段に振りかぶった瞬間、身を低くして踏み込み、片手に持った刀の切っ先で相手の喉笛を突くという奇襲の技である。

新当流の流祖塚原卜伝は、この変則的な技で、多くの強敵を屠《ほふ》ったという。

片手で斬りかかるという常識外の攻撃だけに、意外性があり、実戦でおおいに効果を発揮する。新左衛門は人の話で片手斬りを知り、記憶のすみに留めていた。

まともに戦っても勝ち目のない茂左衛門から、果たし合いの相談を受けたとき、新

左衛門の頭に真っ先に浮かんだのは、この新当流の片手斬りの技のことだった。

（片手斬りを用いれば、あるいは一瞬の勝負で、茂左衛門に勝利の目が出てくるやもしれぬ……）

新左衛門は、みずからを闘いの相手の石垣銀兵衛に見立て、振りかぶったところを片手で突きかかる稽古をさせた。

（邪道なやり方か……）

と思わぬでもなかったが、それ以外、茂左衛門を闘いに勝たせる方法を考えつかなかった。だが、茂左衛門は果たし合いの前に、片手斬りの稽古をしていたところを父に見られてしまったらしい。

「茂左衛門に罪はございませぬ。あれを思いついたのは、わたくしでございます」

新左衛門は素直に罪をみとめ、弟をかばった。

「痴《し》れ者がッ！」

兵庫助が叫んだ。

「そなた、柳生の剣を何と心得る」

「は……」

「開祖石舟斎が、東照大権現《とうしょうだいごんげん》（徳川家康《いえやす》）さまの御前で無刀取りを披露し、徳川家に仕えるようになってよりこの方、柳生の剣は公儀の剣となった。そのこと、忘れたわけではなかろうな」

「むろん、存じております」

「ならばなにゆえ、他流の技を茂左衛門に入れ知恵した。そなたは新陰流の名に泥を塗らんとしたばかりでなく、すんでのところで、ご公儀の威光に疵《きず》をつけるところであったのだぞ」

「お言葉を返すようですが、父上」

新左衛門は伏せていた顔をあげ、毅然《きぜん》と父を見返した。

「筋目を言い立てて仕合に敗れるより、勝負に勝つためのありとあらゆる手立てを尽くしたほうが、よほど兵法者としてあるべき姿なのではございませぬか。公儀の剣などと偉そうなことを言っても、勝てぬかぎりは負け犬の剣……」

「辻斬りにしてやられたそなたが、よう生意気な口をきく」

兵庫助のうすい唇の端が、小刻みに痙攣《けいれん》した。

「この前はやられましたが、次に会ったときには、断じて負けませせぬ」

「抜かしたものよ」

「そもそも兵法とは、弱き者が強き者を倒さんがため、さまざまな工夫を加えて形をなしてきたものです。そう考えれば、奇襲の技もけっして邪剣ではなく、兵法のひとつと申せまする」

「小賢《こざか》しい理屈など、聞く耳持たぬ。弱き者は、どこまでいっても弱き者。おのれの未熟さを呪って、野垂《のた》れ死ぬしかない。それが兵法というものじゃ」

「弱き者を切り捨てるのが、公儀の剣とは思えませぬ」

「きさまごとき若造に、何がわかるッ！」

兵庫助が、ひきはだ竹刀を振りあげた。

うなりをあげ、竹刀が新左衛門の頭上に襲いかかる。

とっさに、新左衛門は横へ身をかわした。

「このッ！」

兵庫助の目の奥に、冷酷な青みがかった炎が燃えるのが見えた。

そのとき、竹刀の先が横にひるがえり、新左衛門の頬げたをとらえる。

瞬間、目の前が真っ白になった。新左衛門の顔面へ、竹刀が咆哮をあげ、情け容赦なくたたき込まれる。

ビシッ
ビシッ

と、するどい音が響くたびに、新左衛門の鼻から、唇から、鮮血が飛び散った。

衝撃を和《やわ》らげるひきはだ竹刀といえど、打ち込んでいるのは、新陰流随一の使い手といわれる柳生兵庫助である。

竹刀はことごとく急所をとらえている。

新左衛門は、狂ったような父の竹刀さばきに、自分に対する憎悪を——いや、はっきりとした殺意を感じ取っていた。

父はたしかに自分を憎んでいる。それも、この世から消し去ってもよいと思うほどに——。

肌に食い込む打撃の激しさが、その何よりのあかしだった。

(なぜだ、父上……)

襲いかかる竹刀の嵐を、新左衛門は腕でかばい、必死に唇を噛みしめて耐えぬいた。

蟄居中の身であった柳生新左衛門が、小林の邸から行方をくらましたのは、翌早朝のことである。

第二章　剣鬼

一

雲が速い。風にあおられた雲が、山のいただきを千切れるように流れてゆく。

伊吹《いぶき》山――。

美濃《みの》と近江《おうみ》の国境に横たわる霊峰である。

伊吹山は古来より、神の息吹《いぶ》く聖なる山としてあがめられ、山伏たちの修行場となってきた。山麓から山腹にかけては、クマザサとオオイタヤメイゲツの深い樹林におおわれているが、三合目以上になると、あたりは草原に変わる。

伊吹麝香草《じゃこうそう》
伊吹トラノオ

弟切草《おとぎりそう》など、草花のなかには漢方に用いられる薬草が多い。その風に波うつ草原のただなかを、新左衛門は駆けのぼっていた。

手には枇杷《びわ》の木刀。

喉の奥から奇声を発しつつ、走りながら草を薙《な》ぎ払ってゆく。若い筋肉を躍動させ、ひたすら上をめざして駆けのぼる姿は、一匹の獣に似ている。

額から、汗が流れた。透明なしずくが陽ざしにきらめき、草の露のように散った。

やがて――。

山の五合目あたりまで来た新左衛門は、そこで力尽きたように地に倒れ伏した。

(だめだ……)

新左衛門は木刀を投げ捨て、草の上にあおむけに寝そべった。

左足に力が入らない。足に力が入らぬと、木刀も思うようにあやつることができない。

こうして、外を走りまわってみると、左足の怪我が、考えていたよりはるかに剣技に影響を与えていることがわかった。

(くそッ!)

新左衛門は、片手で草をむしり取った。

新左衛門が伊吹山にのぼってから、今日で十日になる。

父に叱責され、頭に血がのぼった新左衛門は、小林の邸を行くあてもなく飛び出した。しばらく、あちこちをさまよったのち、新左衛門がめざしたのが伊吹山であった。

伊吹山は、山伏が修行する霊場である。そこで身も心も清め、あらためて剣の技を一から磨きなおそうと思った。

辻斬りに後れをとったのは、みずからの未熟さゆえである。このままでは、辻斬りに遺恨を返すことも、自分をあなどった父を見返してやることもできない。

（もっと、強くならねば……）

その一心が、新左衛門を駆り立てた。

先のことは考えていない。

蟄居を命じられた屋敷を飛び出し、先々、いかような咎《とが》めを受けるかなど、いまの新左衛門にはどうでもよいことだった。

しかし――。

いざ、ひとりで稽古をはじめてみると、如何《いかん》ともしがたい冷厳な現実が、新左衛門の前に立ちふさがった。辻斬りに左足の腱を断たれたことは、剣術家としての新左衛門の未来に、あまりに暗い影を落としていた。傷を負う前を十とすれば、あきらかに七、八分まで動きが鈍っている。

日常の立ち居振る舞いには支障がないのだが、一瞬の遅滞をも許されぬ真剣勝負の場面では、それは致命的ともいえる弱点となろう。

（どうすればよいのだ……）

いかに修行を積もうと、どうこうなる問題ではないだけに、新左衛門の心は重苦しく沈み込んだ。

夕暮れ近くまで、なかば破れかぶれに木刀を振りまわし、新左衛門はようやく宿に引きあげた。

新左衛門が草鞋《わらじ》をといているのは、山の三合目にある山伏寺、

——伊吹山寺

の宿坊である。

伊吹山寺のまわりには、二十を超える宿坊がある。それぞれの生国《しようごく》によって、どの宿に宿泊するかが決まっており、尾張の者は常心坊《じようしんぼう》という宿坊に泊まる定めになっていた。常心坊には、新左衛門のほか、老山伏がひとり泊まっているだけだった。

宿にもどった新左衛門は、裏庭の井戸で水を汲み、汗を流した。

井戸の水は冷たい。

ザブザブと顔をあらい、もろはだ脱ぎになって引き締まった上半身をきよめ、口をすすいだ。

新左衛門が、絞った木綿の布でしずくをぬぐっていたとき、

「おい、若いの」

後ろから声をかけてくる者があった。

振り返ると、同宿の老山伏が、夕闇のなかに佇《たたず》んでいた。

猿のように黒く皺《しわ》ばんだ顔をした、小柄な老人である。身にまとった柿色の衣は、雨や汗でシミができ、どことなく薄汚れた感じがした。

山伏は朝早く山駆けに出かけ、夜遅くにならないと宿へもどってこないので、新左衛門が面と向かって話をするのははじめてである。

「おぬし、武芸者か」

老山伏が言った。

「…………」

「門外漢のわしが言うのも何だが、おぬしのその腕では、猫の仔《こ》一匹斬ることはでき

ぬであろうな」

「おれを愚弄《ぐろう》する気か」

新左衛門は、山伏を睨《にら》みすえた。

「愚弄などしておらぬ。見たままを申したまでのこと」

「なにッ！」

「そう怖い顔をするものでない」

おどけたように言うと、老山伏は井戸のわきの杉の木の切り株に腰を下ろした。

「おぬし、左足が利かぬようじゃ」

「それがどうした」

「どうもせぬ。何といっても、不利をおぎなうのが兵法であるからのう。わしが猫の仔一匹斬れぬと申したのは、おぬしの左足のことではない」

「では、何だ」

新左衛門がむきになって言いつのると、老人はそれには答えず、ニヤッと笑い、腰に吊り下げていた竹筒を手に取った。

筒の栓《せん》を抜き、なかの液体を喉を鳴らして呑みはじめる。ぷんと酒の匂いがした。

「人と話をしているときに何だ。無礼ではないか」

新左衛門はまなじりを吊り上げた。

「それそれ、そのこわばった形相《ぎょうそう》がいけぬ。おぬし、何を思いつめているのか知らぬが、肩に力が入りすぎておる。いっそ、稽古しながら酒をあおるようでなくては、闘いには勝てぬぞ」

「ばかを申すなッ！」

新左衛門は生まれてこの方、兵法者たる者、厳しく身をつつしみ酒色を遠ざけるようでなくては大成できぬと教えられてきた。げんに辻斬りにやられた晩も、はじめて覚えた女と酒の余韻にひたっていたために不覚をとった。

酒をくらって稽古をするなど、論外中の論外である。

（ばかばかしい。話にもならぬ……）

新左衛門は怒って、井戸端から立ち去ろうとした。と、そこへ、

「おぬし、わしの言葉を嘘と思うのか。嘘か嘘でないか、自分の腕でたしかめてみよ。わしは酒に酔っていても、おぬしの木刀を苦もなくかわすことができるぞ」

老山伏が言った。本気とも冗談ともつかぬ、悠然たる表情をしている。

「さあ、どうした。おのれに自信があるなら、かかってまいれ」

「怪我をしても知らぬぞ」

「はは……。おぬしのなまくら剣では、わしの体に毛筋ひとつも触れられるものか」

「言うたなッ！」

カッとした新左衛門は、裏木戸に立てかけてあった枇杷の木刀をつかんだ。

そのまま駆け寄り、老山伏めがけて木刀を振り下ろす。

――ガッ

と、鈍い感触が手元に返ってきた。

新左衛門の木刀がとらえたのは、老山伏ではなく、その男がほんのいままで腰を下ろしていた杉の木の切り株であった。

（老人は……）

と見ると、井戸のわきに立って、何ごともなかったかのように微笑している。

二

その夜――。

新左衛門は夕餉《ゆうげ》の膳を、老山伏とともにかこんだ。

生麩《なまふ》の煮付け

高野《こうや》豆腐
大根の古漬
といった、いかにも山家《やまが》の精進《しょうじん》料理である。

山伏は飯を食べながら、濁《にご》り酒をうまそうにあおった。根っからの呑《の》ん兵衛《べえ》であるらしい。

「わしは月光坊《げっこうぼう》という」

老人は名乗った。

「若造、おぬしの名は？」

「柳生新左衛門……」

「やはり、柳生家の者か。昼間、おぬしの太刀筋を見たときから、柳生新陰流の使い手に相違あるまいと思うていた」

「月光坊どのは、なにゆえ兵法にそれほどおくわしい」

新左衛門の言葉つきが、いつしかあらたまっている。

さきほどの、老人のあざやかな身のこなしを見て、これはただの山伏ではないと一目おくようになったのである。

「わしか」

月光坊は素焼きの杯のふちを嘗《な》め、

「ただの武芸好きの山伏よ。好きがこうじて、さまざまな流派を学び、独自に工夫もしておる」

「さきほどの、木刀から身をかわした技は？」

「早業《はやわざ》というやつじゃ」

「早業……」

「知らぬか」

「寡聞《かぶん》にして」

「古くより山伏のあいだにつたわる体術よ。その昔、九郎判官《くろうほうがん》源《みなもとの》義経《よしつね》が、鞍馬《くらま》寺の僧正《そうじょう》ヶ谷にて天狗より学んだというあれじゃ」

月光坊の言う〝早業〟のことは、『義経記《ぎけいき》』にもしるされている。

——謀反《むほん》をする程ならば、馳《は》せひき、早業知らでは叶《かな》うまじ。

すなわち、平家打倒の挙兵をするほどの覚悟があるならば、合戦の駆け引き、早業を知らなくては大事はなるまいというのである。

義経は、早業なる体術を鞍馬山の天狗に学んだとつたわっているが、ここでいう天狗とは、月光坊のごとき山伏のことにほかならない。

「さきほど、月光坊どのは、おれの腕では猫の仔一匹斬ることはできまいと申された。それは、なぜでありましょうか」

新左衛門は聞いた。

虚心坦懐《きよしんたんかい》の心境である。いま、自分がぶつかっている壁を打ち破れるものならば、相手がたとえ何者であれ、真摯《しんし》に教えを乞《こ》いたいと思っている。

「肩に力が入りすぎておるのよ」

月光坊は、大根の古漬をかじりながら言った。

「力が……」

「さよう」

老人はうなずき、

「人は、何かをなさんと心に思い定めたとき、自然と体に力が入る。しかし、それでは自由自在な身の動きがそこなわれ、ふだん斬れるものも斬れなくなる。いまのおぬしは、ちょうどそれだ」

「自分では、いっこうに気がつきませなんだが」

「そういうものだ。ましてや、おぬしはまだ若いでな」

「………」

言われてみれば、たしかに月光坊の指摘は当たっていた。

新左衛門は父兵庫助を見返してやりたいと思うあまり、

——西江水《せいごうすい》
の心を忘れていた。

西江水とは、

「これ無上至極の極意なり」

といわれる柳生新陰流の秘奥義《ひおうぎ》である。

西より東へ向かって滔々《とうとう》と流れる西江の水を一口で飲み干すように、おおらかで全身に力が入らず、それでいてすみずみまで心が行きわたっている状態をいう。

しかも、心はどこにも執着しておらず、心身ともに自由自在な境地である。

このような状態にあるとき、敵がどのように仕掛けてこようとも、千変万化に応じることができる。

その極意とは、まったく正反対の境地に、新左衛門はあった。

「恐れ入りました」

月光坊に向かって、新左衛門はふかぶかと頭を下げた。

「いまひとつ、お聞きしてもよろしゅうございますか」

「何じゃな」

「それがしの左足のことです」

新左衛門は真剣そのものの目で、山伏を見つめた。

「心を平らかにし、肩の力を抜くことは、これからの修行しだいで成し得ぬことではありますまい」

「うむ」

「しかし、動きが鈍ってしまったこの足、これを元通りに動かす術《すべ》はないものでしょうか」

「わしは金瘡《きんそう》の医者ではない。答えようがないわ」

「足を治してくれと申しているのではござらぬ。傷んだ左足を以前のまま、自在に動かす技はないかとお聞きしているのです」

「そのような都合のいい技があるものか」

月光坊は小ばかにしたように笑った。

「だいたい、一度そこなわれてしまったものを、元通りに動かそうと思うほうがどうかしている」

「それでは、私はもはや二度と、一流の剣は使えぬことになる」

新左衛門は表情を暗くした。

「おぬし、若いに似合わず、頭がかたいのう。昔どおりに剣を振るおうとするから、壁につきあたるのだ。不利を有利に変えるということも、世の中にはあるのではないか」

「不利を有利に……」

「うむ」

「それは、どういうことです」

新左衛門は必死のおももちで言葉をかさねた。

「自分の頭で考えることじゃ」

月光坊は言うと、それきりこの話題には興味を失ったように、ごろりと床に寝そべってしまった。

「おぬしと小むずかしい話をしておったら、何やら瞼《まぶた》が重くなってきた。わしはもう寝るぞ」

「月光坊どの」

なおも食い下がろうとする新左衛門に背を向け、老山伏は宿坊の広間で大鼾《おおいびき》をかきだした。

柱に貼った火伏《ひぶせ》のお札が震えるほどの凄《すさ》まじい鼾である。

翌朝――。

新左衛門が起きたときには、老山伏の姿はすでに宿坊にはなかった。

三

ひとり取り残された新左衛門は、宿坊の部屋でひねもす考えつづけた。

外は雨である。

五月雨《さみだれ》の走りであろう。絹糸のような細い雨が、緑あざやかな伊吹山の斜面を濡らしている。

（不利を有利にする技か……）

左足が利かぬ不利を、闘いに有利に転ぜよといわれても、具体的な答えは見つからない。まず、動きが遅くなるのは如何ともしがたい。並の敵だったら、巧みな剣さばきで動きの遅さをおぎなうこともできるだろうが、相手が一流の使い手となると、小手先の技ではごまかせない。

（それに……）

左足をかばうことにより、体全体の均衡が崩れるという悩みもあった。考えれば考えるほど、不利は不利にしかならず、それを有利に結びつける技など頭に思い浮かびもしない。

その日は一日、雨が降りつづいた。月光坊は、夜になっても宿坊にもどってこなかった。

翌朝――。

雨があがると、新左衛門は外に出た。

山肌をわたる風がすがすがしい。昨日の雨で空気があらわれたせいかもしれない。雨露で濡れた草原を歩きまわっているうちに、新左衛門の足はしぜんと山頂へ向かっていた。

伊吹山のいただき近くには、奇岩奇石がつらなっており、山伏たちの格好の行場となっている。

もしかすると、

(月光坊は、山頂の行場で行をおこなっているかもしれない)

と、思った。

人に頼ってもどうにもならぬとわかっていたが、いまは縋《すが》れるものなら何にでも縋って答えを見いだしたかった。

宿坊のある三合目から山のいただきまでは、歩いて一刻（二時間）。野草が咲き乱れるなかに白っぽい石灰岩が散らばる景色が、新左衛門の視界に飛び込んでくる。石灰岩は小さな塔のような形をしていた。すべて、雨風で削られてできた自然の造形である。

山頂には、それらの石灰岩を積み重ねて造った石堂があった。

土地の者が、

——弥勒さん
と呼ぶ弥勒堂だった。

伊吹山頂の弥勒堂のことは、『近江輿地志略』なる古書のなかに次のようにしるされている。

——漸く比の嶮難を上れば、絶頂弥勒広野に至る。方四町、一面畳を敷くが如し。中央に石壇ありて、石堂の中に石像の弥勒婉然たり。樹あり、常に疾風に吹きさらされ、刈り籠め植樹の如し。

その石堂で、新左衛門は石造りの弥勒菩薩に手をあわせた。

（志乃どのに似ている……）

修行の場で不謹慎とは思いながら、婉然とほほ笑む弥勒菩薩の像に新左衛門はあこがれの女人のおもかげを見ていた。

(おれが小林の邸を飛び出たのを知って、志乃どのはさぞや案じているだろう……)

その人のことを思うと、新左衛門の胸にかすかな痛みが走った。

遠く離れてみて、自分がどれほど志乃を必要としていたかがわかった。父兵庫助と対立し肉親の愛がうすい新左衛門にとって、志乃は母であり姉であり、かけがえのない心の恋人であった。

矢もたてもたまらず志乃に会いたくなった。

(ならぬ……。このようなときに、おなごのことを考えていてどうする)

新左衛門は、おのれを叱りつけた。

いまは女と恋を語らっているときではない。男として再生できるかどうか、そのきわどい岐路に新左衛門は立たされている。

志乃のおもかげを振り払うように、新左衛門は弥勒堂をあとにした。

弥勒堂から、山頂を巻くように道がつづいている。その道をたどっていくと、行く手に奇岩怪石や岩穴があらわれる。

獅子舞岩《ししまい》

八《や》ツ頭《がしら》
弥三郎《やさぶろう》風呂
などと名付けられた岩の群れは、いずれも山伏の修行場であった。

（月光坊どのはおらぬか）

新左衛門はあたりを見まわした。だが、それらしい人影はどこにも見えない。

岩陰などに目をくばりながら、さらに道をのぼった。

やがて、

――百間《ひやつけん》廊下
と称される窪地《くぼち》に出た。長年のあいだに雨や風に浸食されてできた窪地は、名のとおり細長い廊下のようにまっすぐつづいている。

その百間廊下に、柿色の衣を着た山伏の姿があった。ただし、探しもとめる月光坊ではない。

もっと若い、頬のあたりに熊のごときむさい髯《ひげ》をたくわえた大柄な山伏である。首が太く、衣の袖から突き出た腕が松の根のようにたくましかった。

山伏は百間廊下を行ったり来たりしている。

（何かの修行をしているのだな……）

思いつつ男のそばに近づいた新左衛門は、次の瞬間、おのれの目を疑った。

山伏は百間廊下を走りまわっているのではない。臑毛《すねげ》のはえた筋肉質の右足一本で立ち、ひょいひょいと跳びながら、百間廊下を行き来しているのだ。

しかも、目をつぶっている。

片足で立つのはそう難しいことではない。しかし、目をつむると重心が崩れ、たちまち倒れてしまう。

それを山伏は目を閉じたまま、片足だけで跳んでいる。

(変わった芸だ)

と、思った。

山駆けをしたり、断崖をよじのぼったり、岩窟に何日ものあいだ籠もるという修行は聞いたことがあるが、このような風変わりな行は見たことも聞いたこともない。

窪地の端まで行くと、山伏は今度は左足一本で立ち同じ動作を繰り返した。

不安定な姿勢で安定をたもつことにより、精神の鍛練をはかろうというのかもしれない。修験《しゅげん》の山には岩場や急斜面など足がすべりやすい場所が多いから、こうした行も何かの役に立つのであろう。

新左衛門は、感心して山伏の動きを見守った。

男はしばらくすると、百間廊下から奇岩の林立する斜面へ移った。

今度は片足ではないが、岩から岩へムササビのように身軽に跳び移り、やがて次の行場へと姿を消していく。

(自分にもできるだろうか……)

新左衛門は道を下って、さきほど山伏がいた百間廊下に立った。

傷ついていない右足一本で立ち、目をあけたまま跳んでみた。まったく造作ない。

しかし、山伏がやっていたように目をつむると、ようすは一変した。

たちまちふらついて、体勢を崩してしまう。まっすぐ前へ進むことはおろか、まともに立っていることすら難しい。

無理をして跳ぶと、三、四歩めには岩の側壁にたたきつけられる。

手の甲をすり剝《む》き、うっすらと血がにじんだ。

傷口を嘗《な》めながら、

(これだ……)

新左衛門は思った。

目をつむり、片足で跳ぶ山伏の修行法には、自分が探しもとめる何かがある。

(この技を身につけたとき、自分の左足の不利を有利に変える術もおのずと見えてく

るはず）
新左衛門は、闇夜のなかにひとすじの光明を見いだしたような気がした。

四

月光坊なる老山伏は、それから二日たっても、三日たっても、もどって来なかった。

となりの宿坊、明鏡坊《めいきようぼう》に泊まっている山伏仲間に聞くと、

「おお、月光坊なら、甲賀《こうか》の飯道山《はんどう》へゆくと言っておったわ。ここへは当分、もどって来まい」

と、答えが返ってきた。

聞きたいことはまだあったが、去ってしまったものは仕方がない。不利を乗り越えていく方法は、やはり自身で見つけだしていくしかない。

新左衛門は来る日も来る日も、伊吹山の山頂へ通った。

百間廊下で目を閉じたまま片足で跳ぶ修練を繰り返す。

何度やっても、うまくいかなかった。

跳んでは転び、また跳んでは転びするうちに、体じゅうが打ち身と擦り傷だらけになった。それでも新左衛門はやめない。

（頭のなかを水のごとく平静にするのだ。肩に力を入れず、心をどこにも滞《とどこお》らせることのないように……）

修行はおのずと柳生新陰流秘奥義、

――西江水

に通じた。

目を閉じ、片足で立っていると、いつしか胸を暗く鉛色におおっていた雑念が晴れてきた。厚い雲のあいだに青空が見え、澄んだ陽ざしが射しはじめた。

またたくまに月日が過ぎた。

新緑の彩りを見せていた伊吹山の山肌が、噎《む》せかえるような夏草の匂いに埋めつくされ、やがて虫の声がうるさいほどにすだきだしたとき、新左衛門は百間廊下の端から端まで、目をつむったまま右足一本で跳べるようになっていた。

どっしりと腰がすわり、跳んでいても上半身が微動だにしないのが自分でもわかる。

ひとつの型が完成すると、今度は木刀を持ち目を閉じて片足で跳ぶ技に挑んだ。

木刀はしっくりと手に馴染《なじ》んだ。

目を閉じ、片足で立っても、まっすぐに伸びた新左衛門の背すじはぐらつかなかった。

（これなら、腱を断たれる前と同じく、自由自在に剣をあやつることができるのではないか……）

新左衛門の胸に希望が湧いた。

その女人が、突然、常心坊にたずねて来たのは、新左衛門が百間廊下を木刀を持ったまま二往復できるようになった日の夕暮れのことである。霊場伊吹山は女人禁制だが、それは八合目から上で、三合目の伊吹山寺のあたりは女人の登山もゆるされている。

黒光りする宿坊の板敷に、ぽつんとすわって待っている女の姿を見て、

「どうしたのだ、志乃どの」

新左衛門は胸の鼓動が激しく高鳴るのをおぼえた。

志乃は、いくぶん痩せたように見える。袖と裾に白桔梗《ききょう》の模様を散らした露草色の小袖が、女の肌の白さをきわだたせた。

「勝手にお屋敷を飛び出して、どうしたはないでしょう」

志乃が大きな黒い瞳で新左衛門をひたと見つめた。

女の視線の強さにうろたえ、新左衛門は思わず目をそらした。

「なぜ、ここがわかった」

「各地の霊山をわたり歩いている、旅の修験者から聞いたのです。伊吹山に新左衛門さまが籠もり、剣の修行をなさっていると。名古屋のご城下でも、噂になっております」

「父上は……。父上は、おれがここにいることをご存じなのか」

「わかりませぬ」

志乃は首を小さく横に振った。

「新左衛門さまが、いきなり小林の邸を飛び出されてから、兵庫助さまはあなたのことをいっさい口になされませぬ」

「そうか……」

頰の線が鉈《なた》で削《そ》いだように直線的な、父の厳格きわまりない顔が目に浮かんだ。

父の怒りは容易に想像がつく。新左衛門のことを何も言わぬというのが、かえって怒りの激しさを思わせた。

「すまぬ。志乃どのにまで、心配をかけた」

新左衛門は女に向かって頭を下げた。

「わたくしのことなど、どうでもよいのです。新左衛門さまさえご無事でいてくだされば……」

しばらく会わぬ間にやつれたのは、やはり新左衛門の出奔《しゅっぽん》ゆえであろうか。

「どうしようか、ずいぶんと迷ったのです」

志乃が言った。

「いま、わたくしがたずねて行けば、あなたさまの修行のさまたげになる。このようなもの、お見せせぬほうがあなたさまのためではないかと」

ちらりと目をやった志乃のかたわらに、小さな風呂敷包みが置かれていた。

「それは？」

新左衛門は聞いた。

志乃が黙って風呂敷包みに白い手を伸ばした。

包みをとくと、なかからあらわれたのは、憲法《けんぼう》染めの男物の小袖である。その右袖の下半分が、斜めに一直線に裂かれていた。

あざやかな切り口から見て、よほどの腕の持ち主が刀で斬り裂いたものと思われる。

「誰の小袖だ」

「おわかりになりませぬか」

志乃の瞳に、脅えがあった。

「…………」

新左衛門は小袖を手に取った。

じっと眺めているうちに、ふっと思い出した。憲法染めは父兵庫助が、好んで衣服に用いる色である。

とすれば、これは父の小袖ということになるが、兵庫助ほどの練達の士が着衣の片袖を敵に斬り裂かれるなどということがあるものだろうか――。

(まさか……)

不意に頭に浮かんだおのれの想像に、新左衛門は血の冷える思いがした。

「これは、父上の小袖だな」

新左衛門は言った。

「はい。お着物の片付けをいたしておりますとき、葛籠《つづら》の底から出てまいりました」

「この袖を誰に斬られたか父上は話したか」

「いえ……」

「志乃どの」

「はい」

「殿のお供をして不覚をとった夜、おれはこの手で賊の片袖を斬った」

新左衛門は、父の憲法染めの小袖を見つめた。

「賊はただの辻斬りとはとうてい思えぬ剛剣の使い手であった。いま思えば、あれほどの剣を使える者は天下広しといえどもそうはいまい」

「あなたさまもそう思われますか」

片袖を裂かれた着物を見て、志乃も新左衛門とまったく同じ想像に行き当たったのであろう。

「あの夜の辻斬りは父上であったか」

うめくように言い、新左衛門は小袖を握りしめた。

「兵庫助さまのしわざだと、確たるあかしがあるわけではございませぬが」

志乃の声が弱い。

「いや、あれは父上だった。父上は辻斬りにことよせ、おれを殺そうとしたのだ。傷ついたおれの代わりに、殿が進み出たとたん、賊が一太刀も合わせずに逃げ去ったのが何よりの証拠」

「お父上が、新左衛門さまを闇討ちしようなどと……」

「信じたくはない。だが、父上はおれを憎んでいる」

父に打ちすえられたときの、肌に食い込む竹刀の激痛が、新左衛門の脳裡にまざまざとよみがえった。

「なぜだ。父上はなぜそれほどまでにおれを憎む……」

新左衛門と兵庫助は、子供のころから、けっして情のかよい合っていた父子《おやこ》とは言えない。父はわが息子に厳しく接し、息子は剣の道のみに生きる苛烈な父を恐れた。

しかし、それはたんに距離をおいていたというだけで、憎しみを生むほどの激しい諍《いさか》いは父子のあいだになかった。

にもかかわらず、なぜか――。

新左衛門には、父兵庫助の凄まじい憎悪の理由が分からない。

「お父上は新左衛門さまに恐れを抱いていらしたのではございますまいか」

志乃が言った。

「恐れる？　父上が、おれをか」

「はい」

「ばかな。天下無双の剣の使い手の父上が、おれのような若造を恐れるはずがない」

「いえ」

志乃が首を横に振った。

「新左衛門さまは、この先、どこまで伸びてゆくかわからない、無限の力を秘めた若《わか》竹《たけ》の如き存在です。それにひきかえ、兵庫助さまの剣技はすでに完成されておりまする。あなたさまの若さ、みずみずしい剣の才に、兵庫助さまが妬心《としん》を抱かれたとしたら……」

「父上がわが息子のなかに敵を見たというのか」

「亡くなられたあなたのお母上がよく申されていましたが、兵庫助さまは剣のことになると、鬼に変じられます。さような考えを抱かれたとしても、不思議はござりますまい」

「…………」

志乃の言葉をもっともと思いながら、新左衛門はまだ信じられぬ気がした。

父が息子の才を妬《ねた》み、みずからの手で傷つける。

事実とすれば、まさに鬼そのもの、

——剣鬼

と呼ぶにふさわしい。

思えば、新左衛門は藩主の寵愛を受け、尾張徳川家兵法指南役をつとめる父兵庫助の五百石と大差のない三百石を与えられていた。何の武功もない自分が藩主から高禄を受けたのも、父を不快にさせた理由のひとつであったかもしれない。

男の嫉妬は、ときに女の嫉妬よりも根深く凄まじい。

「おれはたしかめに行く、志乃どの」

新左衛門は憲法染めの小袖を打ち捨てて立ちあがった。

「行くとは、どちらへ？」

不安げな目で、志乃が新左衛門を見あげた。

「父上のところだ。父上に会ってことの真偽をたしかめねばならぬ」

「たしかめて、どうなさろうというのです」

「父があの夜の辻斬りならば、剣にかけて遺恨をはらすまで」

新左衛門はつぶやくように言った。

五

新左衛門は伊吹山を下りた。

志乃とは別行動である。いまは、女との旅をのんびりと楽しんでいるような心境ではない。

一刻も早く、

(父に会わねば……)

と、思った。

ひさびさに名古屋城下にもどった新左衛門が足を向けたのは、中ノ町の柳生家本邸である。

屋敷は、四百四十九坪。

広大な敷地に母屋と離れ屋、それに瓦屋根をいただいた白壁の道場がある。道場の広さは南北六間《けん》(約一一メートル)、東西四間(約七メートル)と大きい。

新左衛門は門をくぐり、前庭にある道場へ直行した。

つつじの植え込みのあいだを歩いていくと、道場から出てきた門弟が、新左衛門を

見て、

――あッ
という顔をした。

蟄居中の身でありながら、出奔した当主の嫡男が突然もどってきたのである。おどろくのも無理はない。

新左衛門は、古馴染《なじ》みの門弟に、

「父上は道場においでになるか」

と聞いた。

「は、はい」

門弟がうなずいた。

新左衛門は、唖然《あぜん》としている門弟をその場に残し、道場に近づいた。

この当時の道場稽古は、勝手に打ち合う乱取りというものはない。それぞれが打太《うちだ》刀《ち》（指導者）と仕太刀《しだち》（学習者）らにわかれて相対し、型をおこなう型稽古であるため、ひきはだ竹刀を打ち合う音は響かない。

ときおり気合の声が聞こえる程度で、むしろ道場は静寂に満ちていた。

新左衛門が、

――ガラリ

と引き戸をあけると、道場にいた者たちの視線がこちらに集まった。さきほどの門弟と同じく、突然の新左衛門の出現に面食らっている。組太刀の手を止め、息を呑んで新左衛門を見ている。

新左衛門は上がり框《がまち》に腰をおろし、草鞋の紐《ひも》をといた。汚れた足を桶《おけ》の水で清めてから磨きぬかれた道場にあがる。

父兵庫助は、稽古場の横の六畳の控えの間に座していた。

入ってきた新左衛門に気づいているはずなのに、憮然《ぶぜん》とした表情で腕組みをしたまま、こちらに目を向けようともしない。

「どうした。みな、稽古をつづけぬかッ！」

兵庫助の雷声が響きわたった。

その兵庫助に、新左衛門は板床を踏みしめてゆっくりと歩み寄った。

「話がございます、父上」

「いまさら、そなたと話すことなどない」

「父上にはなくとも、それがしのほうには大事な話があるのです」

「…………」

「門弟たちのいる前で話してもようございますが、それでは父上の名に傷がつくことになりましょう」

兵庫助がはじめて新左衛門を見た。

露を含んだ刃物のごとき、するどい怒気を底に秘めた目であった。

しばらく押し黙ったのち、

「今日の稽古はこれまでじゃッ」

兵庫助は告げた。

門弟たちも、父子のあいだに流れるただならぬ気配を察したのであろう。早々にひきはだ竹刀を片づけ、潮が引くように道場を立ち去っていく。

残されたのは、兵庫助と新左衛門だけになった。

新左衛門は父の正面にすわった。

「ひとつ、父上にお聞きしたい。いつぞやの夜、この新左衛門を襲った辻斬り、あれは父上か」

「…………」

「お答え願いたいッ！」

「吠《ほ》えるな」

兵庫助がうすく笑った。

「いかにも、そなたを襲ったのはわしだ」

平然としている。まるで、意にも介《かい》しておらぬといったような顔だ。

「なぜです……。なにゆえ、父上はわたくしを殺そうとした」

「たわけめ。そなたは、この兵庫助が斬り捨てるほどの者ではない」

冷たく言いはなち、兵庫助は唇をゆがませた。

柳生兵庫助は、その半生において幾人もの人を斬っている。

最初に人を斬ったのは、二十五歳のときである。当時、肥後加藤家《ひごかとう》に仕えていた兵庫助は、領内の一揆鎮圧をめぐる口論のはてに、重臣の伊藤長門守《いとうながとのかみ》を手にかけた。

この一件により、兵庫助は加藤家を出奔し、以後、十二年にわたって諸国を流浪《るろう》した。浪人とは言うが、じつは徳川幕府の秘命を受け、西国大名の動静を探っていたのである。

その間、兵庫助は数知れぬほどの人を斬った。それらの人斬りは、隠密としての役目をまっとうせんがためであった。

「しかし、父上がわたくしに刃《やいば》を向けたのはまぎれもなき事実」

新左衛門は言った。

「わしの刀をかわせなかったのは、そなたの技が未熟だったゆえであろう。恨むなら、おのれの未熟さを恨め」

「答えになっておりませぬ。どのように言いわけなされても、父上はあのとき、わたくしを一刀両断するつもりで刀を振り下ろされた」

「……………」

「父上は、それほどこの新左衛門のことを妬《ねた》ましく思うておられるのか」

「妬む？　わしが、そなたをか」

兵庫助は笑止《しょうし》だと言わんばかりに、苦笑を洩《も》らした。

「そうでございましょう。わたくしが武功なくして殿より三百石を拝領したのを、父上は苦々《にがにが》しく思っておられた。兵法指南役の座までわたくしに奪われるのではないかと危ぶんでおられた」

「おのれをかいかぶるのも、たいがいにせよ」

「されば、なぜ父上はわたくしに闇討ちを仕かけたのです」

「決まっておる。柳生の剣を守らんがためよ」

兵庫助が言った。

「柳生の剣を守らんがため……」

爛《らん》と輝くまなこで、兵庫助が新左衛門を見すえた。

「そうじゃ」

「わが柳生家は、剣をもって徳川家にお仕えしておる。剣こそが柳生家のおおもとなり。しかるに、そなたは剣によって武功をあげずして、殿の寵愛のみを出世の手蔓《てづる》としておる。そなたひとりの代はよいかもしれぬが、二代、三代と経つうちに、剣をもって世に名をなす柳生家の精神《こころ》がうすれ、わが流派は惰弱《だじゃく》と化す。悪しき芽は、早いうちに摘み取っておかねばなるまい」

「父上は間違っている」

新左衛門は低く叫んだ。

「申しあげておくが、わたくしは柳生家の剣を忘れたわけではない。伊吹山に籠もっているあいだも、剣の何たるかを考えつづけていた」

「おぬしごとき青二才が剣などとは片腹痛い」

「青二才ではない」

「口だけなら、何とでも言えよう。負け犬の遠吠えなど聞きとうないわ」

兵庫助はあざけるように笑い、立ち上がって、道場を出て行こうとした。

「待てッ！」

新左衛門は父の背中に声を放った。

「負け犬かどうか、もう一度、ためしてご覧になられよ」

「性懲《しょうこ》りもなく、また痛めつけられたいか。今度は足の腱ではすまぬぞ」

「父上のほうこそ、お覚悟あれ」

新左衛門は、道場の壁にかけてあったひきはだ竹刀を手に取った。道場の中央へ進み出る。

兵庫助も同じくひきはだ竹刀。新左衛門から三間《けん》ほど離れて立った。

兵庫助の構えは、無形《むぎょう》の位《くらい》である。切っ先が、床に向かって柳の葉のようにだらりと垂れている。

対する新左衛門は中段につけた。

竹刀をかまえたまま、左足を上げ、右足一本で鶴のように立つ。

兵庫助の眉が、かすかに動いた。

新左衛門の異形の構えに、さすがに意表をつかれたのであろう。

新左衛門は、兵庫助の神経が自分の足もとに吸いよせられているのを感じた。

（いまだ……）

瞬間、新左衛門は片足立ちのまま跳躍した。

一跳《ひと》びで間合いを一気に詰める。さらに一跳び。

床に着いたとき、新左衛門は一足一刀《いっそくいっとう》の間境いを越えた。と同時に、左手に握った新左衛門の竹刀が兵庫助の喉笛めがけ火を噴くように突き出される。

兵庫助は動かない。

（仕とめた）

と思ったとたん、兵庫助が一撃を見切り、深く身を沈めた。

突きが空《くう》を切る。

思わず体を泳がせた新左衛門の右足を、兵庫助がすかさず払った。

新左衛門は、床に、

――どう

と、転がった。

あとは、何がどうなったのか記憶がない。

気がついたとき、新左衛門は兵庫助の竹刀でぼろ裂《きれ》のように打ちすえられ、顔じゅうを血まみれにして、道場に這いつくばっていた。

「身のほどがわかったか、未熟者めがッ。そなたは士道不覚悟をもって廃嫡《はいちゃく》となす。今後、わが屋敷に出入りすることはまかりならぬ」

冷酷きわまりない父の言葉が、打ちのめされた新左衛門の上に降りそそいだ。

第三章　胡《こ》蝶《ちょう》

一

　新左衛門は床に寝そべって、暗闇を見つめていた。

　かたわらに酒の入った瀬戸焼の徳利《とっくり》と杯《さかずき》がある。床には干魚《ひざかな》が散らばり、饐《す》えた酒と魚の臭気にまじって、闇のなかに脂粉の匂いがした。

　新左衛門がいるのは、宮ノ宿の茶屋、

　――呑海楼
　の屋根裏部屋だった。

　復讐を誓った父に返り討ちに遭い、さらに廃嫡を言いわたされ、新左衛門は自暴自棄におちいった。

（もう、おれは終わりだ。どうにでもなれ……）

傷ついた心と体を引きずってたどり着いたのが、いつぞや藩主義直に連れられて遊んだことのある宮ノ宿の茶屋であった。

新左衛門は太夫の小鶴を呼び、手持ちの金がつづくかぎり呑海楼に流連《いつづ》けた。

金がなくなると、茶屋の用心棒をみずから買って出て、呑海楼の屋根裏部屋に住みついた。

小窓ひとつしかない狭い部屋だったが、居心地は悪くない。客と妓《おんな》の諍《いさか》いに目を光らせていさえすれば、酒と食い物はたっぷり与えられた。

それに、朝方になると、客を送りだした小鶴がこっそりと部屋にしのんで来る。

「どうか、いつまでもここにいらして下さいましな」

小鶴は新左衛門に、ぞっこん惚《ほ》れ込んでしまったようだった。

憂《う》さを忘れようと、新左衛門は酒を食らい、女を抱いた。

だが、胸の奥の暗い思いをぬぐい去ることはできない。

父兵庫助から与えられた耐えがたい屈辱が、新左衛門をつねに責めさいなんでいる。

（父の言うとおり、おれはどこまでいっても未熟者でしかないのか……）

伊吹山でおこなった修行も、いまとなればむなしかった。

(つまるところ、おれが考え出した技は、ただのこけおどかしにしかすぎなかったのだ。この傷ついた足を抱えていては、未来永劫、父を越えられるはずがない)

屈辱から逃げるために、新左衛門はますます酒におぼれ、女の体にのめり込むようになった。

逃げたい相手は、ほかにもいた。

志乃である。

房事のあとの、けだるい余韻に浸りながら、
小鶴がふと思い出したように言った。

「また今日も、来ておりましたわえ。新さまのいい人」

「いい人だと?」

「ほら、三日前にもたずねて来たでしょう。そりゃあ美人で、品のいい……」

「志乃どのか」

新左衛門はつぶやいた。

「新さま、部屋に閉じこもって会おうとしなかったけれど、ほんとうにいいの?」

「ああ、いい。今日も追い返してくれたのであろう」

「新さまの言いつけだから、すげなく追い返しましたわえ。その志乃さんとやらいうお方、それは寂しそうな顔をして帰ってゆかれました」

「…………」

志乃が、自分を心配してくれているのはわかっていた。

わかっていて、新左衛門は志乃を避けつづけた。いまの荒廃した自分の姿を、その人だけには見られたくなかった。

志乃はそれからも、三日、四日に一度は新左衛門のもとをたずねてきた。

が、新左衛門は会わない。

（会えるはずがない……）

自分は、志乃に値しない男になり果てている。世の中の澱《おり》にどっぷり沈む、滓《かす》のような人間でしかない。

心のなかにあいた穴に、いつも木枯らしが吹き抜けていた。

半月が経《た》ち、一月経つうちに、やがて志乃はたずねて来なくなった。

（ようやく、おれのことを見捨ててくれたか……）

一抹の寂しさをおぼえながらも、志乃のためにはそれがいちばんよいことだと思った。恋も、剣も、新左衛門から遠ざかっていく。用心棒をしながら、爛《ただ》れた花街《かがい》の暮らしに染まっていく自分に、新左衛門は自虐的な喜びすらおぼえた。

その日も――。

新左衛門は、まだ陽のあるうちから、屋根裏部屋でずっと酒を呑んでいた。

客の入る夕刻から朝方まで部屋に詰め、騒ぎがあれば男衆《おとこし》が呼びに来るのを待っているのが、仕事といえば仕事であった。

客を招き入れる遊女の嬌声《きょうせい》と、二階へあがる客の足音が聞こえ、それにまじって三味線の音色《ねいろ》が夜の闇にこぼれはじめたころ――。

新左衛門の部屋の板戸が、スッと三寸ほど細めにあいた。

あいたが、人は入ってこない。

部屋の外で、何かためらっているようである。

男衆ではあるまい。喧嘩の仲裁をもとめに来る店の男衆なら、階下から大声で新左衛門を呼ばわるはずである。

「小鶴か」

新左衛門は徳利をかたむけながら、板戸の向こうに声をかけた。

返事はない。

誰かが、息を呑むように立ちつくしている気配がする。

「誰だ。用があるなら、さっさと入って来い」

新左衛門は酒をあおった。

板戸の隙間に、ほそい指先がかかるのが見えた。

戸を引きあけ、目に染み入る白足袋《しろたび》のつま先を見せて部屋に入って来たのは、花街にはおよそ不似合いな女だった。

「志乃どの……」

新左衛門の手から、杯が落ちた。こぼれた酒が、床に流れる。

志乃は後ろ手に板戸を閉めると、新左衛門の前にすわった。

ひどく思いつめた顔をしている。

日頃は凛《りん》としている志乃の目がうるみ、新左衛門を見つめる。

「小鶴さんに拝むように頼み入って、ここへ通してもらったのです」

「余計なことを」

新左衛門は女から顔をそむけ、こぼれた酒を布で拭いた。

志乃はにじり寄るように距離をつめ、

「どうしてわたくしをお避けになりました」

新左衛門の手の上に、志乃のやわらかな手が重ねられた。

新左衛門は志乃を見つめた。

「好きだからだ」

「………」

「好きだからこそ、逃げたくなった。志乃どのにだけはおれの落ちぶれはてた姿を見られたくなかった」

「落ちぶれてもかまいませぬ」

「志乃どの……」

いきなり、志乃が新左衛門の胸に飛び込んで来た。

「志乃は新左衛門さまが好きです。新左衛門さまのためなら、命を引きかえにしても惜しくはない」

「志乃どの」

「抱いて……」

志乃が低くつぶやくように言った。

「だめだ、志乃どの。いまのおれは、志乃どのにふさわしくない」

「わたくしも……。新左衛門さまにはふさわしくない女です」

志乃は目を伏せた。

「今生《こんじょう》の思い出に、たった一度だけでいい。新左衛門さまの腕に抱かれたい。それ以上は、何も望みませぬ」

「…………」

新左衛門は一瞬、ためらい、だが突き上げる激情を抑えきれず、志乃の体を抱きすくめた。

それ以上、言葉はいらなかった。

唇と唇を重ね合い、たがいに激しくもとめ合った。

小鶴を抱いたときとは違う、新左衛門に我を忘れさせる何かが、志乃の熱く溶けた体の芯にあった。

「新左衛門さま、新左衛門さま……」

志乃は眉間《みけん》に皺《しわ》を寄せ、打ち寄せる歓喜の波のなかでうわごとのように男の名を呼びつづけた。

二

朝起きると、志乃はいなかった。

（あれは夢だったのか……）

新左衛門は茫然とした。いや、夢であるはずがない。自分はたしかに、この腕で志乃を抱いた。

志乃は人目につかぬよう、夜明け前に去っていったのだろう。女の残り香《が》が、まだ部屋のなかに満ちているような気がした。

新左衛門の胸は、雨あがりの紫陽花《あじさい》のような、しんとした冷たい哀愁で満たされた。

小鶴は何ごとかを察したのか、姿を見せない。

新左衛門はもう一度、頭から布団《ふとん》をかぶって眠った。ふたたび目覚めたのは、午《ひる》すぎになってからである。

新左衛門は空腹をおぼえ、茶屋の裏木戸から外へ出た。陽ざしが眩《まぶ》しかった。

（武士を捨て、剣を捨て、志乃どのと暮らすのもよい……）

そんなことを思った。

志乃さえ、そばにいてくれれば、自分は剣を失っても生きていけるような気がした。もうひとつ別の人生の入り口が、暗闇の向こうにかすかに見えてくるようである。

風に吹かれながら、七里《しちり》ノ渡し場まで歩いた新左衛門は、常夜灯のわきの茶店でひいもかわ饂飩《うどん》を食べ、腹ごしらえをした。

澄みきった秋の陽が海を染めている。

縁台でしばらく海を眺めていると、声をかけてくる者があった。振り返ると、弟の茂左衛門が立っていた。

「いま、呑海楼のほうへ、兄上をおたずねしたところです。店の者に聞いたところ、外へ出られたというので探しておりました」

茂左衛門が言った。

顔色が悪い。ひどく、取り乱しているようである。

「どうした、茂左衛門。何かあったか」

「志乃どのが……」

それっきり言葉につまり、声にならない。

「志乃どのがどうしたのだ」

その人の名を聞いて、新左衛門の顔にも緊張がはしった。

「志乃どのが、ご自害なされましてございます」

「何だとッ！」

新左衛門は縁台から腰を浮かせ、弟の肩をつかんだ。

「ばかを申すな。志乃どのが自害などするはずがない」

「志乃どのは今日の朝方、懐剣で喉を突いてお命を断たれました」

茂左衛門が声を震わせた。

「庭で朝稽古していたわたくしは、どこからか屋敷にもどってこられた志乃どのと顔を合わせました。そのときは、いつもと変わりないように見えたのですが、あとで所用あって部屋へ顔を出したときには、志乃どのはすでに……」

「果てていたというのか」

「は、はい」

「そんなことがあってなるものか。志乃どのが死なねばならぬ理由《わけ》など、どこにもないではないか」

新左衛門は弟の肩を激しく揺さぶった。

「理由なら、何となくわかるような気がいたします」

「なに……」

「兄上は、中ノ町の屋敷から出て行かれてご存じなかったかもしれぬが、志乃どのは以前から、父上にご自分の後添《のちぞ》いになるよう無理強《じ》いされ、ずいぶんと悩んでおられました。父上はあのとおりの強引なお方。道場の門弟たちのあいだには、父上が志乃どのを手ごめにしたという良からぬ噂も流れておりました」

「父上が、志乃どのを手ごめに……」

総身の血が引いた。

（嘘だ……）

と、叫びたかった。

だが、昨夜の志乃の思いつめたようす、自分は新左衛門にふさわしくない女だと告げたときの、暗い翳《かげ》りに満ちたまなざしが、語らずともすべてを物語っていた。

志乃は新左衛門に最後の別れを告げるつもりで、呑海楼へたずねて来たのであろう。そして、死を覚悟して新左衛門の腕に抱かれた。つつしみを忘れた志乃の乱れようもそう考えれば納得《けが》がいく。

志乃は兵庫助に汚された我が身を恥じ、みずからの手で命を断った。新左衛門との一夜を大事な宝物でも抱くように、胸の奥深くに封じ込めながら――。

「兄上、これを」

茂左衛門が紙包みを差し出した。

おもてに、

――新左衛門さま
と、流麗な女の手蹟でしたためられている。見覚えのある志乃の文字だった。手紙ではない。なかに、何かが入っているようだった。

「志乃どのの部屋に残されていたのです。兄上への形見《かたみ》の品でございましょうか」

「………」

新左衛門は無言で受け取った。

包みをひらくと、なかから出てきたのは青貝をはめ込んだ螺鈿《らでん》の櫛《くし》だった。志乃がその櫛で、長い黒髪を梳《す》いているのを見たことがある。

するどい痛みが新左衛門の身のうちを駆けめぐった。

涙はこぼれない。

涙を流すには、志乃の死はあまりに唐突だった。明日になれば、志乃がまた、新左衛門の好きな草餅を入れた重箱の包みを抱《かか》えてあらわれるような気がした。

しかし――。

いかに辛かろうと、志乃が自害したのは事実である。

「父上は？」

新左衛門は、弟にするどい目を向けた。

「いつもと変わりありませぬ。志乃どのの自害を聞いても、表情ひとつ動かされませなんだ」

「そうか……」

父はそういう男だと思った。

兵庫助にとって大事なのは、柳生の剣とおのれのみである。血を分けた息子であろうと、邪魔ならば斬り捨て、欲する花は無理やり手折《たお》って打ち捨てても後悔しない。

（ゆるせぬ……）

肚《はら》の底から怒りが湧いた。

志乃のためにも、自分は父を生かしておくわけにはいかない。自分が仇《あだ》をとってやらねば、志乃が浮かばれない。

（おれは父上に勝つ。いま一度、剣の腕を磨き、斬り捨ててみせる）

新左衛門は奥歯を強く嚙みしめた。

「茂左衛門」

「はッ」

「あとのことは、そなたにまかせたぞ」

「あとのこととは……」

「決まっている、尾張柳生家だ。そなたは剣士としては凡庸《ぼんよう》かもしれぬが、少しも恥じることはない。いや、むしろ、凡庸だからこそ、人としてまっとうでいられるのだ」

「兄上……」

「今日からおれも、父上と同じ剣鬼になる」

志乃の形見の櫛をふところにおさめると、新左衛門は北へ向かって、道を飄然《ひょうぜん》と歩きだした。

三

二日後——。

新左衛門の姿は伊吹山にあった。

弥勒の石堂の前の岩盤にすわり、座禅を組んでいる。

山頂をわたる風にそそけ立った鬢《びん》の毛がなびき、全身に悽愴《せいそう》の気が満ちていた。

無念無想ではない。

頭のなかに、無形の位に剣をかまえる父兵庫助の姿があった。

剣聖と呼ばれる父とて、神ではない。生身の人である。人であれば、どこかに必ず隙があるはずだった。

（斬れるか……）

新左衛門は、脳裡に思い描いた父に向かって斬りかかろうとした。

が、斬れない。

まったく隙が見えないのである。

代わりに、するどく撥《は》ねあがった父の剣が、襲いかかってきた。

想念のなかの新左衛門は、かわすのがやっとで、息をつくことすらできない。腋《わき》の下にじんわりと冷たい汗が湧き、背すじに悪寒《おかん》が走った。

「やはり、だめだ」

新左衛門は低くつぶやき、閉じていた目を見ひらいた。

父に打ちすえられたときの恐怖と憎悪が、新左衛門の心身になまなましく刻み込まれている。

どうしても父に勝ちたい。いや、勝たねばならない。

（しかし……）

いかに考えつづけても、伎倆《ぎりよう》、経験、いずれをとっても明らかに劣る自分が、父に対して勝利をおさめる方法は思い浮かばなかった。新左衛門は雨水だけを飲み、不眠不休で想念をこらしつづけた。

四日目の朝になり、さすがに疲労した新左衛門がうつらうつらと睡魔におそわれたときである。

「若いの、熱心なことだな」

声をかけてくる者があった。

はっと目覚めて顔をあげた新左衛門の前に、柿色の衣を着た老山伏が立っていた。月光坊である。

「おぬし、また伊吹山に舞いもどってきたのか」

「月光坊どのこそ……」

「わしは各地の霊山を行脚《あんぎゃ》しておるでな。飯道山から、真冬のみちのく羽黒《はぐろ》山にでも修行にまいろうかと、たまたまここに立ち寄ったまでよ」

月光坊は無精髭を生やした顎をなでた。

皺ばんだ顔を近づけ、新左衛門の目をうかがうようにのぞき込むと、

「そのようすでは、おぬし、悩みの雲はまだ晴れきっておらぬようじゃな」

「恥ずかしながら」

新左衛門は表情を翳らせた。

「月光坊どの」

「何じゃ」

「お願い申しあげるッ」

新左衛門は老山伏を食い入るように見つめ、

「あのとき、御坊が言っておられた不利を有利と化す手立て、ずっと考えつづけているのだが、どうしてもわからぬ。手掛かりだけでもいい。どうかお教えくだされ」

「つかめぬか」

月光坊がまぶたを重そうにしばたたかせた。

「ああ、つかめぬ」

「そなたは、まだ若いのだ。あせらず、ゆるりと考えれば、おのずと道は見えて来るじゃろうて」

「おれには時がないのだ」

新左衛門は老山伏に、いままでのいきさつを語った。

「ほほう……。それでおぬし、自分ひとりで天地をささえているがごとき、悲壮な顔をしておったわけか」

得心がいったというように、月光坊がうなずいた。

「それにしても、じつの父と子が剣を交えねばならぬとは因果な話よのう」

「いや」

　新左衛門は首を横に振った。

「おれとあの男は、もはや、父でもなければ子でもない。二匹の鬼が、どちらかが倒れるまで闘うだけのこと」

「…………」

「あの男ほどの使い手を相手に、おれの左足の不利を転じて有利となす技。そのようなものがほんとうにこの世にあるのか」

「あると申せば、ある。ないと申せばない。すべては、まことを見つけ出したいと願う、そなたの心しだいじゃな」

「おれの心……」

「さよう」

　月光坊は、うっすらと霧のながれる山の中腹をしずかに眺めおろし、

「鳥は空に飛び、魚は水のなかで泳ぎ、人は地を歩く。すなわち、この世の生きとし生けるものは、自然《じねん》にしたがい、あるがままに命をまっとうするしかない。そなたも

また、同じだ」

「何のことだ」

「前にも言った。答えは、おのれ自身の心のなかにしかない。人に縋ろうなどとは思わぬことよ」

　山伏は突き放つように言い、胸の前で九字《くじ》を切って山を下りていった。

　新左衛門はふたたび取り残された。

（鳥は空に飛び、魚は水のなかで泳ぐか……）

　月光坊の残していった言葉を、新左衛門は胸のうちで嚙みしめるようにつぶやいてみた。だが、やはり答えは見えてこない。

　糸口さえつかめぬまま、その日もまた暮れた。

　陽が落ちると、秋の山は急に冷え込んでくる。岩盤の上で座禅を組む足のつま先がこごえ、吐く息が星空へ向かって白く立ちのぼった。

（心を澄ませよ。心を……）

　ひたすら念じているうちに、寒さは感じなくなった。

　ここしばらく、食物を口にしていないせいか、おのれの体が透明になり、岩に同化してしまったような気さえする。

夜が明け、陽が暮れ、また夜が明けて夕暮れをむかえた。

そのような日々を、幾日過ごしただろうか。

やがて——。

新左衛門の体は幽鬼のように痩せおとろえ、頬骨と、ぎらついた目ばかりが目立つようになった。

新左衛門は、おのれの五感が異様にとぎすまされているのに気づいた。

まずは、嗅覚である。森のなかの湿った苔《こけ》の香り。あるいは、遠くの炭焼き小屋で、炭を焼く匂いなどが、人一倍、鋭敏になった鼻にありありと感じられる。

さらにおどろいたことに、新左衛門のいる伊吹山頂の石堂から、ゆうに一里（約四キロ）は離れているはずの、ふもとの北国街道を行きかう荷車の音が、すぐそこを通っているかのように聞こえてきた。

最初は、

（まさか……）

と、思った。

が、急峻な山中に荷車の通るような道はない。荷車の轍《わだち》の響きばかりでなく、馬がつける鈴の音さえ聞こえた。

つねに、頭に思い描いていた父の姿は遠くなり、代わりに、風に揺れる木々の葉ずれの音や、夜半に聞こえるオオカミの遠吠えの声が近くなった。

その羽音が聞こえたのは、この季節にしてはあたたかな、風の弱い日のことだった。

すぐ近くで、
バサッ
バサッ
と、羽ばたきの音がした。

（鷲《わし》でもいるのか）

新左衛門は音のするほうへ目をやった。

と――。

そこにいたのは、鷲などではない。

鱗粉《りんぷん》をあやしく光らせる揚羽蝶《あげはちょう》が、地面にへばりつくようにとまり、羽を大きく広げていた。

新左衛門の耳に、蝶の羽音が、まるで鳥の羽ばたきのように聞こえたのである。

季節はずれの蝶は、ひどく弱っているように見えた。

よく見ると、美しい羽は端のほうが千切《ちぎ》れてぼろぼろになり、ほとんど瀕死の状態である。

（おまえも、いまのおれのようなものだな……）

新左衛門の口もとにふっと苦い微笑が刻まれた。

そういえば、この春先、新左衛門は蟄居していた小林の邸で、二羽の黄色い蝶が翔《と》ぶさまを眺めていたことがあった。

あのときは、蝶のように自由に羽ばたいて、自分も息苦しい蟄居の暮らしから解放されたいと願っていた。

それから、時はうつり、蝶の死に絶える季節になっている。

（おれは我が身の不幸を呪っていたが、あのときは志乃どのがいた。志乃どのが生きて、おれのそばにいたのだ……）

蝶を見つめているうちに、孤独が胸を締めつけた。埋めようのない寂しさが、新左衛門を襲った。

新左衛門は、そこにおのれの同類を見る思いがして、無意識のうちに蝶へ向かって手を伸ばしていた。

瀕死の蝶は、たやすく捕らえられるかと思いきや、

　――フラリ

と、枯れ葉が舞うように舞いあがり、すぐに力なく小石まじりの地面に下りて、羽を広げる。

　もう一度、手を伸ばす。

　今度も捕らえられそうでいて、捕らえられない。蝶は新左衛門の指先をするりと逃れ、近くの枯れ草に舞い下りる。

　まるで、はかない命の残り火が、最後の抵抗をみせているかのようだった。

（これは……）

　突如――。

　新左衛門の脳裡にひらめくものがあった。蝶の動きをじっと眺めているうちに、霧が晴れわたるようにはっきりと形をなしてくる。

「そうか、これだったのかッ！」

　新左衛門は、思わず叫んでいた。

　さらに三日間、山中に籠もり、新左衛門は山を下りた。

四

この年、十月――。

九州で大乱が起きた。

世に言う、

――島原《しまばら》の乱

である。

肥前《ひぜん》国島原の領主、松倉勝家《まつくらかついえ》の苛斂誅求《かれんちゅうきゅう》に端を発した農民一揆は、天草《あまくさ》諸島に飛び火し、キリシタン勢力を巻き込んで拡大した。一揆勢三万七千人は、代官所をつぎつぎと襲い、島原城下に攻め寄せた。

ことの重大性におどろいた幕府は、京都所司代板倉重宗《いたくらしげむね》の弟、重昌《しげまさ》を派遣。

松倉

有馬《ありま》

鍋島《なべしま》

ら、島原周辺の大名による討伐軍を組織し、原《はら》城攻めに取りかかった。

大坂《おおさか》の陣で豊臣家が滅びて以来、国内最大の内乱と言っていい。

九州から遠く離れた名古屋城下でも、乱の噂は疾風のように駆けめぐっていた。

「いくさが長引けば、わが尾張徳川家も、軍勢を差し向けることになるのではないか」

「板倉重昌では、西国大名をたばねるのに力不足であろう。追って、老中がつかわされるにちがいない」

諸説、入り乱れるなか、その島原の地へ向けて旅立ったひとりの男がいた。

柳生兵庫助である。

兵庫助は、かつて大坂の陣のさい、大坂城の豊臣家に心を寄せる西国大名の動静を探るため、幕府の密命を受けて、九州、山陰地方に潜行したことがある。

そのときの経験がかわれ、このたびの内乱に乗じて不穏な動きをみせる大名がないかどうか、尾張藩主の徳川義直より内偵を命じられたのだった。

摂津《せっつ》有馬温泉へ湯治にゆくという名目で、兵庫助は城下をあとにした。

しかし、じっさいには有馬へは立ち寄らず、大坂から船に乗り、瀬戸内海をとおって関門海峡をのぞむ豊前《ぶぜん》国小倉《こくら》に上陸。そこから陸路、島原半島をめざした。

このころ――。

一揆勢は、天草四郎《あまくさしろう》なる美少年を盟主にいただき、島原半島の南端に近い、

――原城
に立て籠もっていた。

原城は、有明海に向かって突き出た岬の上に築かれた城である。三方が海、一方だけが砂州で陸地とつながるという、まさに天険の要害であった。

「鎮圧には、だいぶ手間がかかりそうじゃ」

紺碧《こんぺき》の海を背景にした原城を見上げた兵庫助は、皮肉な顔でつぶやいた。

長年の諸国流浪で、隠密の経験を積んできた兵庫助には、この原城攻めの困難さが一瞬にして見て取れる。

原城にひるがえるのは、白地に墨で十字架をえがいた無数のキリシタンの旗。急ごしらえの櫓《やぐら》の上に立つ農民たちは、いずれも白ずくめの装束であった。

かつての一向宗《いっこう》の一揆の例をみるまでもなく、宗教心に凝《こ》りかたまった者どもを相手に闘うのは、ひじょうに難しい。彼らは死を恐れず、むしろ信仰のために命を捨てることを喜びにした。

そのような神がかった敵が、要害であるところの原城に籠もっている。鎮圧まで、時間がかかるのは必定《ひつじょう》であった。

幕府が乱の鎮圧に手間取っているあいだに、九州の諸大名たちのなかに一揆勢に手を貸す者があらわれれば、さらに事態は深刻となる。

「あやういのは、肥後熊本《くまもと》の細川《ほそかわ》か。それとも、豊前小倉の黒田《くろだ》か……」

兵庫助が城を睨んで、低くつぶやいたときである。

背後に人の気配がした。

反射的に振り返った兵庫助は、そこに痩身の若者の姿を見た。

息子の新左衛門である。

「そなた、なぜここに」

平素、ものに動じぬ柳生兵庫助が、さすがにたじろいだ顔をした。

「あなたを追ってきたのだ」

螢火のように底光りする目で、新左衛門は父を見すえた。

かつて、藩主義直の寵愛を一身にあつめ、名古屋城中で光り輝いていた小姓のおもかげは、そこにはない。

するどい殺気が、小石と打ち上げられた海藻のまじる砂浜に佇《たたず》む新左衛門の総身をつつんでいた。

「わしを追いかけてきて、いまさらどうしようというのだ。土下座して、赦《ゆる》しを乞おうとでも思ったか」

最初の驚愕から、早くもおのれを取りもどした兵庫助が言葉を投げつけた。

「赦しなど、乞わぬ。あなたを斬りにきた」

「なに……」

兵庫助の眉がピクリと動いた。

「そなた、まだ懲りておらぬのか」

「…………」

「身のほど知らずめ。どうしても死にたいと申すのじゃな」

「死ぬのはあなたのほうだ。あなたは人として、してはならぬことをした。志乃どのを殺したのはあなただ」

新左衛門は足もとの小石を草鞋《わらじ》の底で踏み、兵庫助にゆっくりと近づいた。

「あの女は勝手に自害したのだ。わしはあずかり知らぬ」

「言いのがれは赦さぬッ！　答えは、剣で聞かせてもらおう」

新左衛門の左手の親指が、腰に差した黒鞘の刀の鯉口《こいぐち》を切った。

「望むところじゃ」

兵庫助も、刀の柄《つか》に手をかける。

双方、ほとんど同時に剣を抜きはなった。

五

陽が、中天にある。

海のほうから、強く横なぐりに風が吹きつけている。

新左衛門は刀を右八双にとった。

兵庫助は、いつもの無形の位。

睨み合う両者の距離は、およそ三間ほど。

たがいに、草鞋を履いたつま先を砂に食い込ませ、ジリジリと近づく。左足を傷めている新左衛門のほうが、やや動きがぎごちない。

「そなた、志乃に惚《ほ》れていたか」

兵庫助があざけるように言った。

「あれはよい体をしていた。体の芯に、よく響く鈴のごときものがあってな。最初は嫌がっていても、高まるうちにこらえきれず、わが背中に爪を立てながら、あられもない声をあげおった」

「志乃どのを愚弄《ぐろう》するかッ！」

新左衛門は叫んだ。

「愚弄しているわけではない。まことを申したまでよ」

「おのれ……」

額のあたりがカッと熱くなり、怒りで目も眩《くら》みそうになった。

だが、

（ならぬ。これは父の罠《わな》だ……）

新左衛門は必死におのれの感情を抑えようとつとめた。

兵法者は勝負師である。

剣の技のみならず、ありとあらゆる手段を用いて敵に勝たんとするのが、真の勝負師である。

ために、わざと決闘の刻限に遅れて相手を苛立《いらだ》たせたり、太陽を背後にせおって敵を幻惑したり、さらには言葉で相手をなじって精神の攪乱《かくらん》をはかる。

百戦錬磨の兵法者である兵庫助もまた、若い新左衛門の弱点を見抜いて、冷静さを失わせようとしているのである。

（その手に乗ってなるものか）

新左衛門は、目の前にある兵庫助の姿だけを見た。心を澄ませ、彼我《ひが》の距離を目ではかり、つま先をにじらせた。

新左衛門が動じぬと知って、兵庫助は罵倒《ばとう》をやめた。

兵庫助の構えが、無形の位から、刀を頭上に振り上げる雷刀に変じる。そのまま、新左衛門を圧するように押し出し、一間半の距離まで近づいた。

両者とも、そこでピタリと動きを止める。

弓の弦《つる》を引きしぼったような緊張が、あたりを支配する。

「また、一本足でくるか」

静寂を破るように、兵庫助が口をひらいた。

「馬鹿のひとつ覚えよのう。同じ手で、わしに勝てるものか」

「…………」

新左衛門は答えない。

唇をぐっと引き結び、相手の〝三見《さんけん》〟のみを見つめる。

三見とは、
太刀先
拳《こぶし》

貌《かお》の三つである。

この三見の動きに注目していれば、敵がどのような仕掛けをしてくるか、およその見当がつく。

突如、兵庫助の三見が動いた。

一挙に間合いを詰め、大上段から斬り下ろしてくる。

風がうなった。

殺到した兵庫助の切っ先が、新左衛門の額に達しようとした、そのとき——。

新左衛門は、

——フワリ
と、横へ身をすべらせた。

新左衛門の肩先すれすれを、切っ先が薙《な》ぎ、そのまま下へ流れて砂を嚙む。

兵庫助が刀を引いた。

新左衛門の右八双は変わらない。

「小癪《こしゃく》なッ！」

叫びざま、ふたたび兵庫助が斬り下ろしてくる。

その剛剣を、新左衛門は左足を引きずるようにして、ギリギリのところでかわした。

さらに一太刀、二太刀。新左衛門は川辺にそよぐ葦《あし》のように、剣をかわしつづける。左足のせいで動きが鈍いように見えながら、ひとつひとつの動作に無駄がない。瀕死の蝶がその命のはかなさゆえに変則的な動きをし、人の手に捕らえがたいのとよく似ている。

「きさま……」

兵庫助の表情がゆがんだ。

天才とうたわれた兵庫助の剣を、このような奇妙な動きでかわした者は、いままで一人たりとていない。

「その技は何じゃ」

「胡蝶の剣なり」

低くつぶやいた新左衛門は腰を沈めた。

沈めつつ、左手で脇差を抜いた。

右手に大刀。左手には、脇差。両手を蝶の羽根のごとく、大きく広げた。

二刀である。

両手に刀を持つ〝二刀流〟は宮本武蔵が使ったが、両腕の膂力《りょりょく》がすぐれなければ出来ぬので一般的に用いる者は少ない。

新左衛門は、

――フワリ

と近づいた。

右か。

それとも、左か。

兵庫助ほどの男が、一瞬、判断に迷った。

相手に考える間を与えず、新左衛門は一足一刀《いっそくいっとう》の間境いを越えた。

兵庫助が、動きの鈍い新左衛門の左足を狙い、刀を横へ薙ぎ払ってくる。

刹那《せつな》――。

敵の剣先が届くより早く、新左衛門は右足一本で地を蹴り、たかだかと虚空《こくう》へ舞っている。

天に陽をせおいながら、新左衛門は兵庫助めがけて大刀を斬り下ろした。

とっさに受けた兵庫助の剣と、新左衛門の剣がぶつかり合い、

――キン

と、甲高《かんだか》い音が鳴る。

新左衛門の刀が切っ先五寸で折れた。銀光を曳きながら、海へ向かって吹っ飛んでいく。

兵庫助の刀も、鍔元から折れた。

着地した新左衛門は大刀を投げ捨て、左手の脇差を兵庫助の喉もとに素早く突きつけた。

兵庫助の動きが止まった。

脇差の切っ先を、いまだ信じられぬといった目で凝視する。

やがて――。

兵庫助は、ため息をつくと、

「勝負あったようだな」

いつもの皮肉な声で言った。

「不覚であった。そなたの左足が利かぬと思い、侮《あなど》りすぎていたようだ」

「足が利かぬからこそ、あなたの侮りを誘い、そこに隙が生じたのだ」

「…………」

「不利は、ときとして有利に変じる。足を傷めておらねば、おれは生涯、あなたに勝つことはなかったかもしれない」

「殺せッ！」

兵庫助が叫んだ。

「そなたの勝ちじゃ。存分にするがよい」

「あなたは志乃どのの敵《かたき》だ。切り刻んでも飽き足りぬ」

が——。

言葉とはうらはらに、新左衛門は父の喉もとから脇差の切っ先をしずかに引いていた。

「どうした。わしを斬りにきたのではなかったのか」

首すじに流れる汗をぬぐおうともせず、兵庫助が言った。

新左衛門は無言で脇差を鞘におさめた。

父から顔をそむけ、波おだやかな海のほうに目をやると、

「志乃どののため、おれはあなたと同じ冷酷非情な剣鬼たらんとした。だが、どうやらそれはできぬようだ」

「…………」

「剣鬼であるよりも、おれは人でありたい。あなたを殺さぬのは、人の心を持たぬあ

なたを哀れむからです」

「ばかめ……」

吐き捨てるような父のつぶやきを背に受け、新左衛門は砂浜を歩きだした。足を引きずるように、一歩、また一歩と――。

＊　　＊

のち、柳生兵庫助は『柳生新陰流縁起』のなかで、わが子新左衛門について真実を伏せたまま、次のように書いている。

――如雲（兵庫助）が男、惣領《そうりよう》の新左衛門儀、御小姓にと出され候《そうら》えども、病気ゆえ御暇《おんひま》下しおかれ、牢人にてまかりあり候。……〈中略〉……病気ゆえ、身を恨み、板倉長門守《ながとのかみ》（重昌）殿の手に付き、島原陣にて二十四歳にて討死《うちじに》つかまつり候。

吉良邸異聞

元禄十五年（一七〇二）十二月二日の宵《よい》のことである。

深川八幡《ふかがわはちまん》門前の一旗亭《いっきてい》という料理屋に、五十人近い男たちが集まった。男たちは赤穂《あこう》浪士――すなわち、殿中《でんちゅう》松之廊下の刃傷《にんじょう》事件でお取り潰《つぶ》しになった、播州赤穂藩浅野《あさの》家に仕えていた浪士たちである。

その夜の集まりの議題はむろん、亡き主君浅野内匠頭《たくみのかみ》の仇敵、吉良上野介《きらこうずけのすけ》の屋敷に討ち入り、吉良の首を取るための最終的な打ち合わせであった。

こまごまとした打ち合わせがすむと、酒が運ばれ、緊張していた座がほぐれたが、そのおり、本所一ッ目にある吉良邸の裏門近くで米屋を開き、敵情を探っていた前原《まえはら》伊助《いすけ》からこんな話が出た。

「ばかげた話だと思わずにお聞きいただきたい」

と、前原は前置きしたあと、

「先日、吉良家では屋敷の警護をいっそう固めるため、腕の立つ剣客をひとり雇い入れたのでござる」

と言った。

それを聞いた、浪士中、最長老の堀部弥兵衛《ほりべやへえ》（安兵衛《やすべえ》の養父）が、

「何がばかげたことか。なぜそれを、早く申さぬ。その剣客は何流の使い手か。腕が立つというが、それはどれほどのものか」

老人特有のせっかちな口調で矢継《やつ》ぎばやに質問した。

「まあ、弥兵衛どの。そう立てつづけに聞かれても、拙者《せっしゃ》も答えようがありませぬ。ばかげた話と申すのは、それなりの理由《わけ》があるのです」

同志たちを前に、前原が語るには、その剣士が吉良邸にあらわれたのは、十一月も末に近い鷲《おおとり》神社の酉《とり》の市《いち》の日であったという。

その日、吉良邸の裏門の前で、ちょっとしたいざこざがあった。道を歩いていた素浪人と、祭り帰りの若い衆《し》のひとりの肩がぶつかり、謝る謝らないのことから喧嘩になったのである。

若い衆のほうは、十人。いずれも木場ではたらく鳶《とび》職で、祭り帰りで酒を呑《の》んでいるから威勢がいい。痩《や》せ浪人をたたきのめしてやろうと、四人ばかりが腰に差していた鳶口を取り出し、あとの六人は道端に転がっていた材木を手に取って男を取り囲む。

「このように大人数を相手にするのは、鍵屋《かぎや》の辻《つじ》以来だな」

浪人者がぽつりとつぶやくように言ったとき、若い衆のひとりがダッと踏み込み、浪人者の額めがけて材木を振り下ろした。

浪人者の額が、ざくろのようにたたき割られるか——と思ったその刹那《せつな》、浪人は左足を半歩引きざま、腰をひねって刀を抜いた。抜刀一閃《いっせん》、あっと息を呑む間もなく、若い衆の腕が大根のように地面に転がる。

「てめえッ!」

男たちが顔面を朱に染め、つぎつぎと浪人者に躍《おど》りかかった。が、浪人者はいささかもあわてず、あざやかに刀をひらめかせ、木場の若い衆を子供のようにあしらっていく。

その剣技、店から往来へ出て騒ぎを眺めていた前原伊助が、思わず見とれるほどあざやかなものであった。

思いもかけず痛い目にあった若い衆は、ほうほうのていで逃げ出し、あとには浪人者がひとり取り残された。

「口ほどにもないやつらめ」

浪人がさっと血振りし、刀を鞘《さや》におさめて歩き出したとき、吉良邸の裏門の潜《くぐ》り戸

が開き、

「しばし待たれよ」

吉良家の用人《ようにん》、清水一学《しみずいちがく》が顔を出し、浪人者に声をかけた。

吉良邸警備の頭《かしら》をつとめる清水一学は、吉良上野介の首を狙《ねら》う赤穂浪士たちにとっては、まさに不倶戴天《ふぐたいてん》の敵ともいうべき存在である。

清水一学は、浪人者につかつかと歩み寄ると、

「ただいまのお手前の剣技、じつにお見事でござった。その見事な腕、わが吉良家のために役立てていただくわけにはまいらぬか」

「わしの腕を買いたいと申すか」

そうだ、と一学は答えた。

「酒と飯をたらふく呑み食いさせてくれるなら、考えてもいい」

清水一学とのあいだで話がまとまり、男は吉良邸に用心棒として雇われることになった。

「おお、そうだ。お手前の名を、まだ聞いていなかったな」

屋敷のなかへ引っ込む寸前、清水一学が男に聞いた。

「拙者の名は、荒木又右衛門《あらきまたえもん》」

男はそう答えた。

「荒木又右衛門じゃと……。ばかも休み休み申せ」

前原の話を聞いていた堀部弥兵衛老人が、目を吊り上げた。

「荒木又右衛門といえば、何十年前も昔に死んだ人間ぞ。この元禄の世に、そのような者がおってたまるかッ」

「ですから、最初にばかげた話だと前置きしておいたのです」

前原伊助が、さすがにむっとした顔で言い返す。

「拙者とて、自分の目と耳でじっさいに見聞きしなければ、とうてい信じられなかったでござろう。しかし、あの水ぎわだった剣技は、たしかに……」

「本物の荒木又右衛門じゃと申すか」

「いかにも」

「おぬし、きっと、悪い夢でも見たにちがいない」

「いや、夢ではござらぬ」

前原の強い口調に、一座は水をうったようにしんと静まり返った。

荒木又右衛門、伝説の剣豪である。

伊賀上野《いがうえの》鍵屋の辻で、義弟渡辺数馬《わたなべかずま》の仇討《あだう》ちを助太刀《すけだち》し、三十六人を斬った、世にいう〝三十六人斬り〟はあまりに有名である。もっとも、この数は後世かなりおおげさに脚色されたもので、じっさいのところは、四、五人を相手に戦ったというのが正しい。

だが、又右衛門が人並みすぐれた腕の持ち主であるというのは、まぎれもない事実だった。流儀は柳生新陰流。隻眼《せきがん》の名剣士柳生十兵衛《じゆうべえ》から、大和柳生の里でじきじきに新陰流の奥義を学び、その後も諸国をめぐって研鑽《けんさん》を積んだ。

又右衛門が、鍵屋の辻で死闘を演じたのは、寛永十一年（一六三四）、じつに六十八年も前のことである。たとえ、荒木又右衛門が存命していたとしても、百歳を超える老人になっている。

だが、前原伊助が目撃した又右衛門は、鍵屋の辻の決闘のころそのままの、三十代なかばの壮年の姿であったという。

「前原が見たその男というのは、剣豪荒木又右衛門の名をかたる、まったくの別人かもしれぬな」

と、口を開いたのは、それまで黙って話を聞いていた、浪士たちの首領、もと赤穂藩国家老大石内蔵助《おおいしくらのすけ》であった。

「柳生新陰流を学んだ腕に覚えの浪人者が、又右衛門の名をかたり、吉良家におのれを高く売りつけたのかもしれぬ。とにかく……」

大石が一同を見渡し、

「その荒木又右衛門を名乗る浪人、そうとうに腕が立つことはまちがいない。討ち入りのさいには、おのおの、十分に気をつけよ」

一様に顔つきを引き締めてうなずく浪士たちのなかで、堀部弥兵衛老人だけが呵々《かか》大笑《たいしょう》した。

「なんの、ご心配めさるな大石どの。相手が伊賀鍵屋の辻の荒木又右衛門なら、こちらには高田馬場《たかだのばば》の仇討ちで名をはせた、わが婿《むこ》、堀部安兵衛がおるではござらぬか」

おおッと、浪士たちのあいだからどよめきが起こった。

一座に居並んだ男たちの視線が、弥兵衛老人のかたわらで静かに酒を呑む、堀部安兵衛のもとにそそがれる。

男たちの期待を込めた視線にもかかわらず、安兵衛は表情ひとつ変えず、杯《さかずき》を重ねつづけている。

堀部安兵衛、生まれは越後新発田《しばた》の地である。

実父の中山弥次右衛門《なかやまやじえもん》は、新発田藩の侍であったが、安兵衛が十四歳のとき、城の巽櫓《たつみやぐら》で起きた火災の責任をとり、浪々の身となった。その父の死後、安兵衛は家を興《おこ》すべく江戸へ出て、念《ねん》流の太刀を学んだ。

その念流の道場で知りあったのが、安兵衛が高田馬場の大立ち回りを演じるきっかけをつくった、伊予西条《いよさいじょう》藩士の菅野六郎左衛門《すがのろくろうざえもん》という老人である。菅野六郎左衛門は、若い安兵衛のめんどうを何くれとなくみてくれていたが、あるとき、藩内の男に逆恨みされ、高田馬場で決闘するはめにおちいった。だが、六郎左衛門はなにぶんにも老人の身、万にひとつも勝ち目はない。恩人の危難を知った安兵衛は、押っ取り刀で高田馬場に駆けつけ、老人を助けて敵と渡りあった。

このとき安兵衛は、総勢八人の敵のうち、五人までをバッタバッタと斬り倒し、その剣名を江戸中にとどろかせた。荒木又右衛門の〝三十六人斬り〟に対して、堀部安兵衛の立ち回りは〝十八人斬り〟と呼ばれ、天下におおいに喧伝《けんでん》された。

安兵衛のおのが身の危険もかえりみぬ助太刀に、江戸の者たちは快哉《かいさい》を叫んだ。かくのごとき義俠《ぎきょう》心あふれる話が、江戸ッ子は三度の飯より好きである。

だが、天下に人多しといえども、安兵衛の義挙にもっとも感動したのは、赤穂藩江戸留守居役《るすいやく》、堀部弥兵衛その人であった。なにしろ、弥兵衛は見ず知らずの安兵衛の長屋をたずね、

「お手前の男ぶりに惚《ほ》れた。ついては、自分の娘の婿となり、わが堀部家を継いではもらえまいか」

と、いきなり申し入れたのである。

この降ってわいたような養子縁組の話を、安兵衛はいったんは断った。かねてより、父の代に汚名にまみれた中山の家名を、ふたたび興したいと思っていたためだった。

だが、頑固一徹の弥兵衛老人、なかなかあきらめない。ついには、堀部の家名を継いでくれなくてもいい、中山姓のまま赤穂藩に仕えてくれとまで言い出す始末で、さすがの安兵衛も老人の熱意にうたれ、堀部家へ養子に入った。

殿中松之廊下の事件で赤穂藩がお取り潰しになったのは、それから七年後。堀部安兵衛は、義父弥兵衛をはじめとする多くの藩士とともに、ふたたび浪人の身となった。

深川の一旗亭で会合のあった翌日、堀部安兵衛は、京橋三十間堀の裏長屋に、知りあいの国学者をたずねた。

国学者の名は、荷田春満《かだのあずままろ》。のちに〝国学四大人《たいじん》〟のひとりとして盛名をはせる大学者である。だが、この頃には、まだ三十代なかば、少壮の学者として売り出しはじめたばかりである。

安兵衛は、故事来歴《こじ》にくわしい春満に、吉良邸にあらわれた荒木又右衛門のことを相談した。春満は、この話を一笑に付すかと思いきや、意外にもまじめな顔で、

「そのような妖《あや》かしのことは、古来より数多く言い伝えられております」

と、押し入れのなかから一冊の書物を取り出してきて、安兵衛に見せた。表紙に、『狐媚記《こびのき》』とある。

「この書物は、平安時代の儒学者、大江匡房《おおえのまさふさ》があらわしたもので、この世に起きたさまざまな霊異のことが書き留めてあります」

春満は書物をめくり、そのなかの記事のひとつを読み上げた。

――康和三年、洛陽《らくよう》に大きに狐媚の妖ありき。その異はひとつにあらず。はじめに朱雀門《すざくもん》の前において……。

記事の内容は、その筋に詳しくない安兵衛にはよくわからないが、ようするに、平安時代の貴族も狐に化かされることが多かったというのであろう。

「春満どのは、吉良邸の荒木又右衛門が、じつは狐の化けたものだと言われるのか」

安兵衛は聞いた。荷田春満は、首を横に振り、

「そうではありませぬ。そうした不思議なことが、古今東西、多いということが言いたいのです。とにかく、その荒木又右衛門のこと、さっそく調べておきましょう」

二、三日して、ふたたび安兵衛がたずねると、

「おもしろいことがわかりました」

少壮の学者はうれしそうに言った。

「堀部どのは、鍵屋の辻の仇討ちのあと、荒木又右衛門がどうしたかご存じですか」

「いや、寡聞《かぶん》にして」

「仇討ちの終わったあと、又右衛門の身柄は妻子ともども、伊賀の領主である藤堂《とうどう》家が引き取り、又右衛門はその名声ゆえに、客分という名目で伊賀上野城に四年間おりました」

「して、そののちは？」

「若いころ殿さまの小姓《こしょう》をしていた関係で、鳥取藩池田《いけだ》家に召《め》し抱えられたのです」

「ほう、そうだったのか」

感心する安兵衛に、

「ところが……」

と、春満は声をひそめた。

「安住の地を得たはずの又右衛門、なんと、鳥取へ着いてわずか十八日後に、原因不明の謎の死を遂《と》げております」

春満の調べによれば、又右衛門の死は、まったく突然のものであったという。一説には、敵の復讐をさけるため、みずから身を隠したという話もあり、その死については当時から、さまざまな噂が取り沙汰《ざた》された。

「この世から忽然《こつぜん》と姿を消したか……。まるで、神隠《かみかく》しにでもあったようだな」

「そう、その神隠し」

春満がぽんと膝をたたいてうなずいた。

「私はひょっとして、鳥取城にいた荒木又右衛門が何かのきっかけで神隠しにあい、元禄のこの世に、当時のままの姿であらわれたのではないかと思っているのです」

「まさか……」

荷田春満の仮説はあまりに現実離れしており、さすがの安兵衛もおいそれと信じるわけにはいかなかった。

春満は、そんな安兵衛の胸中を察したのか、

「私が言っているのは、ひとつの可能性にしかすぎませぬ。しかし、もしそれが、まことの荒木又右衛門であれば、左の耳に疵《きず》があるはずです。鍵屋の辻の仇討ちのと

き、敵方に助太刀した河合甚右衛門《かわいじんえもん》なる剣客の刀の切っ先が、又右衛門の左耳をわずかに裂いたと、古記録には残っておりますから」

「わかった。心に留めておこう」

堀部安兵衛は礼を言い、春満の長屋を辞去した。

赤穂四十七士が吉良邸へ討ち入ったのは、それから十日もたたぬ、十二月十四日早暁のことである。

表門隊、裏門隊の二手にわかれた浪士たちは、長屋門に梯子《はしご》をかけ、屋根を越えて屋敷内になだれ込んだ。

寝込みを襲われた吉良側の侍衆は、

「すわ、浪士の討ち入りぞッ！」

と、枕元の刀を引っつかみ、必死の応戦をこころみるが、鎖帷子《くさりかたびら》に身をかためた浪士たちには、傷を負わせることもできない。奮戦むなしく、つぎつぎと倒れていく。

裏門隊に属していた堀部安兵衛は、台所の戸を蹴破り、照明用のがんどうを手にして屋敷内へ踏み込んだ。入るとすぐに、寝巻姿の男が槍で突きかかってきたが、安兵

衛、槍先をたやすくかわし、一刀のもとに相手を斬り伏せる。さらに、もうひとり倒し、

「上野介、いずこッ！」

叫びながら、廊下を奥へ進んだ。

仏間のあたりまで来たとき、前を歩いていた同志の赤埴源蔵《あかばねげんぞう》が、急に立ち止まった。

「どうした」

安兵衛が駆け寄ると、行く手の暗がりに男が立っている。

早暁の襲撃にもかかわらず、男は紺無地《こんむじ》の小袖に袴《はかま》をはき、身なりをきちんととのえていた。その全身から発する殺気、尋常ではない。

安兵衛は油断なく身構えつつ、足を前に踏み出した。

「もしや、おぬしが荒木又右衛門か」

「いかにも」

声とともに、左手親指で鯉口《こいぐち》を切る小さな音がした。

「待て、ここではやりにくい。庭へ出よう」

安兵衛は男を誘い、障子《しょうじ》を蹴倒して、縁側から外へ飛び出た。荒木又右衛門を名

乗る男も、それを追って庭へ下り立つ。

外は、ちらちらと雪が舞っている。月はない。白い雪の上に、荒木又右衛門の痩身が、葉を落とした枯れ木のように立つ。

「参る」

安兵衛は右八双《みぎはっそう》に構えた。対する荒木又右衛門のほうは、刀の柄《つか》に手を置きながらも、まだ抜かない。自分からは仕掛けて来ぬつもりらしい。

安兵衛は青眼《せいがん》に構え直し、踏み込むや、敵の肩口めがけ、ダッと斬り込んだ。念流独得のすばやい動きである。

が、一瞬早く、荒木又右衛門の刀が鞘走《さやばし》り、安兵衛の刀を横へはらった。あおりをくらってよろめいた安兵衛の肩に、すかさず、又右衛門の刃が食い込む。ガッという金属のはじける音とともに、肩に重い衝撃が走り、強い金気が匂った。

鎖帷子を着込んでいたからいいようなものの、素肌であれば、安兵衛の肩の骨は、まちがいなく一撃に砕かれていたところである。

安兵衛は敵の刀をはらうと、かろうじて後ろへ跳びすさった。〝十八人斬り〟の安兵衛が遅れを取るとは、敵はやはりただ者ではない。

（こいつ、本物の荒木又右衛門なのか……）

安兵衛が唇をかんだとき、

「助太刀いたすッ！」

と、赤埴源蔵が庭へ飛び下りてきた。

安兵衛はチッと舌打ちし、

「余計な手出しは無用。この男は、おれの相手だ」

「しかし……」

「しかしもくそもない。おれは吉良の屋敷で、よもや、これほどの敵にめぐり合えるとは思っていなかった」

不敵に笑う安兵衛の迫力に押され、赤埴が後ろへ下がった。

安兵衛はずいずいと踏み込み、荒木又右衛門に斬りかかる。敵はその間合いを見切り、やや後ろへ身をひいた。

と思った瞬間、又右衛門の刀が地を這うように伸びてくる。

安兵衛は思わず後ろへ跳びすさった。又右衛門が、かさにかかって斬りつけてくる。その鬼気せまる迫力に、安兵衛は一方的に押された。

やがて、背中が池の端《はた》の松の幹に触れた。もはや逃げ場はない。首筋に汗が湧き、胸の鼓動が高くなった。

追い詰められた安兵衛を見て、荒木又右衛門がニヤリと笑った。

「死ねいッ！」

又右衛門が大上段に振りかぶった。

その一瞬、隙が見えた。

（いまだッ）

安兵衛は刀の切っ先をくるりと裏返すと、上へ向かってはね上げた。敵の股間から胸、首、顎を、一直線に刃が走り、パッと血しぶきが飛ぶ。

雪の降りつもった地面に、男の体がゆっくりと倒れた。純白の雪がみるみる血の色に染まっていく。

安兵衛は、息絶えた男の左耳をあらためた。一瞥《いちべつ》して、しばし瞑目《めいもく》し、ふたたび斬りあいの修羅場へもどっていく。

赤穂四十七士は、吉良上野介を討ち取り、みごと本懐を遂げた。吉良邸に残された死骸のなかには、身元不明のものがひとつだけあったが、ついにどこの誰のものとも知れなかった。堀部安兵衛もまた、自分の斬った男のことを人に語ることはなかった。

鬼同丸《きどうまる》

一

血と臓物の匂いである。なまぐさい臭気が全身をつつみ、息苦しかった。

匂いがした。


(まだか……。やつはまだ、来ぬのか)

鬼同丸《きどうまる》は息を殺し、じっと待っていた。

(頼光《よりみつ》め、生かしてはおかぬ。必ず、この手でたたき斬ってくれる……)

鬼同丸は胸に抱いた打刀《うちがたな》の柄を強く握りしめた。

鬼同丸が待っているのは、源氏の棟梁　源《みなもとのみつなか》満仲の嫡男、頼光である。

京を荒らしまわる盗賊団の頭《かしら》の鬼同丸は、二条烏丸《からすま》の小二条殿《こにじようどの》へ押し入り、財宝を奪って逃げようとしたところを、たまたま通り合わせた頼光主従に捕らえられ、つい五日前まで東の獄舎に押し込められていたのである。

(おれとしたことが、なぜ、あのような奴ばらに……)

鬼同丸には、神出鬼没の働きで平安京を震え上がらせた自分ほどの男が、なぜ易々と縄目にかけられてしまったのか、いまだに信じられないでいる。

あの夜、鬼同丸の前に立ちはだかった頼光は、

（これが武門の棟梁、清和《せいわ》源氏の御曹司《おんぞうし》か……）

と、目を疑うほどの小男だった。

京じゅうに百人あまりの手下を従えている鬼同丸は、身の丈《たけ》六尺（百八十センチ）をゆうに越え、筋骨隆々たる偉丈夫である。大力と気性の酷薄残忍さで恐れられ、平安京の治安をつかさどる検非違使《けびいし》の追捕《ついぶ》もたくみにかわしてきた。

その鬼同丸が、小男で、腕っぷしもさして強くなさそうな源頼光の前にあっさりと屈したのである。

総勢二十人で押し入った鬼同丸の一味と出会った頼光の郎等《ろうとう》は、わずか七、八人だった。その郎等たちが、頼光の指図のもと、風のように素早く動き、鬼同丸がろくに斬り結ぶ間もなく、一味のほぼ全員を捕縛してしまったのである。

（あのときは、おれも大仕事のあとで油断していた……）

鬼同丸はみずからに言い聞かせた。

平安京、東の獄舎に入れられてからのことは、思い出したくもない。数日後、牢か

ら引き出された鬼同丸は、もろ肌脱ぎにさせられ、背中に粗塩《あらじお》をなすり込まれ、竹のササラで百度叩かれたのである。

平安時代、日本に死刑という刑罰はなかった。放火、強盗、人殺しの極悪人でも、せいぜい百叩きのうえ牢にたたき込むのが最高の刑罰であった。

ササラで力まかせに打ちすえられるとき、見物の群衆のなかに、女のようにやさしげな頼光の白い顔があるのを、鬼同丸は見逃さなかった。

背中の皮膚が破れ、血しぶきが飛び、傷ついた肉に塩がきりきりと染みて、いまにも気を失いそうな激痛が脳天まで突き抜けた。

鬼同丸は歯を食いしばって、苦痛に耐えながら、

（おのれ頼光め……）

と、自分を捕らえた頼光への憎しみを、胸に熱くたぎらせていた。色のなまっ白い若造にしてやられ、自分が罪人として叩かれねばならぬのが、不条理なことのように思えてならなかった。

（くそッ、いまに見ておれ）

天下の極悪人、鬼同丸の心のなかで、頼光に対する殺意がはっきりと形をなしたのは、まさしくこのときからと言っていい。

百叩きの刑にあってから丸二日というもの、さすがの鬼同丸も、痛みのために起き上がることができなかった。三日め、驚異的な体力で恢復《かいふく》した鬼同丸は、獄舎の見張り番を縊《くび》り殺し、まんまと脱獄に成功したのである。

洛北雲《くも》ヶ畑《はた》の隠れ家へ逃げ帰った鬼同丸は、頼光に意趣返しをする機会を虎視《こし》眈々《たんたん》とうかがった。

鬼同丸の息のかかった者は、公家《くげ》や武者の屋敷にも雑色《ぞうしき》や従者として入り込んでいる。その者たちを通じ、頼光の動きは逐一、雲ヶ畑の隠れ家へもたらされた。

頼光が武運長久の祈願のために鞍馬《くらま》寺へ参詣《さんけい》するという話が飛び込んで来たのは、昨夜遅くのことである。

寺詣でとなれば、当然、供まわりも少ないであろうし、警戒心もゆるんでおろう――と、考えた鬼同丸は、頼光を襲うべく、京から鞍馬への通り道にあたる市原野《いちはらの》に、手下のなかでも選《え》りすぐりの手だれ二十人を街道わきの草原に潜《ひそ》ませた。

鬼同丸自身は、牛を刺し殺して刃物で皮を剝《は》ぎ、物見の穴をあけた生皮に身をつつんで、道端に横たわったというわけである。牛の生皮にくるまった鬼同丸の姿は、一見して、行き倒れた牛の死骸のようにしか見えない。

何も知らない頼光の一行が、牛のそばを通りかかったとき、皮をかなぐり捨てて頼光を刺し殺す、というのが鬼同丸のめぐらした謀《はかりごと》であった。京を荒らしまわる盗賊の親玉だけあって、鬼同丸は悪知恵がよくまわる。

（あのときは油断していてやられたが、今度はそうはいかぬぞ）

まだ生あたたかさの残る牛の皮にくるまりながら、鬼同丸は目ばかりぎらぎらと光らせ、時を待った。

ころは、皐月《さつき》の末《すえ》つ方である。

早朝の市原野を、絹のように細い五月雨《さみだれ》が音もなく濡らしている。

牛の生皮に身を潜めているうちに、早くも腐臭を放ちはじめた臓物の匂いと血の匂いで、吐き気がしそうになる。だが、鬼同丸は必死にこらえた。

自分の手で頼光を殺せると思えば、これしきの匂いは何ともない。鬼同丸はすでに、幼子から老人まで、九十九人の人を殺している。

「百人めが頼光、きさまじゃ」

鬼同丸がつぶやいたとき、道の向こうから馬の蹄《ひづめ》の音が響いてきた。

（来たか、頼光……）

鬼同丸は打刀を握った手に、力を込めた。

牛の皮にあけた物見の穴からうかがうと、雨に濡れた街道を武者の一団がこちらへ向かって近づいて来るのが見える。

馬に乗った白い浄衣姿の男がひとり、あとはいずれも徒歩《かち》で従う従者とおぼしき者たちだった。

鬼同丸がよくよく目をこらすと、黒鹿毛《くろかげ》の馬にまたがっているのはまぎれもない、憎むべき怨敵《おんてき》、頼光ではないか。直垂《ひたたれ》ではなく、純白の浄衣を着ているのは、霊験あらたかな鞍馬《くらま》寺に参拝するためであろう。

従者の人数は、わずか三人。

思った通り、警固は手薄である。

（殺《や》れる……）

と思った瞬間、鬼同丸の腋《わき》の下にねっとりとした汗が湧いた。

頼光の一行は坂道をのぼり、鬼同丸が身を伏せている場所まで近づいてきた。

道端に行き倒れの牛が転がっているのを見ても、一行の誰ひとりとして注意を払おうとはしない。牛馬の行き倒れなど、べつだん、めずらしいものではないのだ。

（来い、来い……。そのまま、おれのそばへやって来い）

牛の生皮につつまれ、目の奥を光らせる鬼同丸の形相は、地獄の悪鬼そのものだった。

先頭を歩く若い従者が、鬼同丸の目の前を通り過ぎた。さらに、ひとり。

つづいて、ゆるゆると馬をすすめるのが頼光である。

泥にまみれた馬の黒い脚が視界いっぱいに広がった、と思った刹那《せつな》、

(いまぞッ!)

鬼同丸は牛皮をかなぐり捨て、外へ躍り出た。

「死ね、頼光ーッ」

叫びざま、馬上の白い浄衣の男めがけて斬りつけたが、狙いがそれ、鞍の前輪《まえわ》に刃が当たって鋭い音がした。

(しまった……)

鬼同丸があわてて打刀を引いたとき、馬上の頼光が抜く手も見せず兵庫鎖《ひょうごぐさり》の太刀をひらめかせた。

次の瞬間、鬼同丸の首は真っ赤な血しぶきを撒《ま》き散らしながら宙を飛び、草のなかに転がっていたのである。

二

清和源氏の祖は、清和天皇の孫、経基《つねもと》王である。経基王が臣籍降下し、源経基と名乗ったのにはじまる。経基王の子が満仲、その子が頼光――つまり頼光は、清和源氏の三代目にあたる。

頼光の父の満仲は、摂津多田荘《せっつただのしょう》に領地を持ち、常時、四、五百人の郎等を館に置いて、朝廷権力のおよばない小独立国とも呼ぶべき別天地を築いていた。また、満仲は多田の地に銀山を開発し（満仲の掘ったのは多田銀山の金懸間歩《かながけまぶ》と伝わる）、莫大な財をなした。初期の源氏の財力のみなもととなったのは、その多田銀山の銀であった。

野心家の満仲は、豊富な資金力にものを言わせて藤原摂関家《せっかんけ》の大納言《だいなごん》兼家《かねいえ》に近づき、主従関係を結ぶようになった。

今年二十五歳になった頼光も、父の満仲とともに兼家の東三条《とうさんじょう》邸に出入りしている。兼家の取り立てもあり、この春の除目で頼光は左兵衛少尉《さひょうえのしょうじょう》に任官した。貴族の子弟ならいざ知らず、一介の武者の子としては、めざましい出世と言っていい。

それもこれも、すべて父の満仲が莫大な銀を兼家に献上したためであることを、頼光はよく知っていた。

「今年もみごとに牡丹《ぼたん》の花が咲きましたな」

寝殿《しんでん》の簀《す》の子《こ》にすわった頼光は、遣水《やりみず》の流れる庭の向こうの花園を眺めて言った。

頼光がいるのは、八条《はちじょう》邸である。かつて頼光の祖父の経基王が住んだ邸宅だが、経基王は十一年前の応和元年（九六一）に世を去り、いま、屋敷のあるじは代がわりしている。

「牡丹は、亡き経基王がことのほか愛した花でした。毎年、美しく咲き競うのを見ると、亡き父上のことがなつかしく思い出されます」

簀の子の奥にかかった御簾《みす》の向こうから、声がした。玻璃《はり》のように透き通った女人の声である。

「花が美しく咲くのは、叔母上《おばうえ》が丹精込めて世話をなさっているからです。私はここへ来ると、いつも心が落ち着く」

「ほほ、いつまでもこんな紅葉の下葉のような叔母の屋敷へ足を運んでいるようではいけませせぬよ。早く、北《きた》の方《かた》を迎えてくれぬかと、満仲どのもこぼされておりました」

「私は妻などいりませぬ」

頼光は白銀の金椀《かなまり》に盛られた棗《なつめ》の実をひとつ摑《つか》み、皮ごとかじった。棗は舌を刺すように酸っぱかった。

御簾ごしに頼光が言葉をかわしているのは、八条邸を経基王から受け継いだ叔母の美子《よしこ》であった。

叔母と言っても、年は頼光と三つしか離れていない。まだ、二十八歳の若さである。

美子は、経基王が五十歳を過ぎてからもうけた娘で、老いた父の経基王にことのほか可愛《かわい》がられ、この八条邸のほかにも多くの所領をゆずられていた。

頼光の父の満仲とは、じつの兄妹にあたるわけだが、いかにも武者らしい武骨な風貌の満仲とは姿も気性もまったく似ておらず、どこまでもたおやかで優しい。天女《てんにょ》のごとき女人であった。それでいて、どこか毅然《きぜん》とした強さをうちに秘めているのは、清和源氏の血筋ゆえであろう。

父に連れられ、幼いころから八条邸にしばしば出入りしていた頼光は、

（うつくしいお方だな……）

と、美子を見るたびに、胸をときめかせて育った。

そのときのときめきの気持ちは、成人したいまでも、まったく変わっていない。いや、むしろ、強くなったと言っていい。

美貌のうえに親ゆずりの財産を持つ美子には、若いころから言い寄る男が引きもきらなかった。

だが、美子は、

「人の心はいつか変わるものです。わたくしは、殿御《とのご》の心変わりに一喜一憂して暮らすより、ひとりで心静かに花を愛でているほうが好きなのです」

と、女としては盛りを過ぎたいまの年まで、かたくなに独り身を通してきた。

「経基王の末《すえ》の姫は、とんでもない変わり者だ」

と、陰口を叩く者も多かったが、頼光は、美子がどんな名門貴族の貴公子にもなびかぬことを、心ひそかに誇りに思い、喜んでもいた。

(たとえ都じゅう探しても、叔母上ほどの女人に釣り合う男がいるわけはない。ふさわしい男があらぬ以上、叔母上はずっとおひとりでおられたほうが幸せだ)

おのれの叔母に寄せる思いが、〝恋〟と呼ぶものであることを、頼光もいつのころからか気づきはじめていた。

が、頼光と美子は血のつながった甥《おい》と叔母である。御門《みかど》の後宮《こうきゅう》に娘を入れ、天皇家との血縁を幾重にも結ぼうとする堂上公家ならいざ知らず、武士の世界での血縁同士の婚姻はあまり例《ためし》がない。

頼光の父の満仲など、

「公家のなかには、叔父が自分の姪《めい》を妻とし、兄が腹違いの妹と通じる者もあるが、あれはいかぬ。公家の悪しき因習よ。同族で婚姻を重ねれば、血がよどみ、いずれ一門は衰亡しよう」

と、つねづね口にしているほどである。

頼光が、どれほど美子を思ったとしても、満仲がわが妹と息子の関係を許すはずがない。

（しょせん、叔母上は高嶺《たかね》の花か……）

頼光はなかば恋をあきらめつつも、完全には思い断ち切れず、ほかの女に心を向けることもできずに、こうして時おり、八条邸の美子と言葉をかわすことだけをひそかな楽しみにしていた。

人知れず、かなわぬ恋に身を焦がす頼光にとって、その愛する女人に、早く妻を迎えよなどと説教めかして言われるほど辛いことはない。美子のほうは、頼光を自分の弟のようにしか思ってくれていないことは十分に承知している。

頼光のうずくような思いを知ってか知らずか、美子が澄んだくもりのない声で話しかけてきた。

「ときに、頼光どの」

「そなた先日、鬼同丸とやら申す偸盗《ちゅうとう》を討ち果たしたそうですね」

「ご存じでございましたか」

「頼光どのが大手柄をおあげになったと、館の女房たちが噂しておりました」

「それほどたいそうなものではありませぬ」

頼光は棗をかじりながら、牡丹の花が風にそよぐさまを見つめた。

「怪我《けが》はなかったのですか？」

美子が聞いた。

「いえ、べつに。ただ、鬼同丸を斬ったあと、野に伏せていたかの者の手下どもと闘《とう》諍《じょう》になり、わが従者のひとりが死にました」

「そう」

美子はしばらく口をつぐみ、やがて深い溜め息をつくと、

「心猛《たけ》き武者の家に生まれたとは言え、そのような争いごとのなかに身を置かねばならぬとは、そなたが心配でなりませぬ。聞けば、鬼同丸には手下が大勢いたというで

はありませぬか。頭《かしら》を殺された仕返しをしようと、そなたの身を狙っているやもしれませぬ」

「ご心配なさいますな、叔母上。この頼光、幼きころより弓馬の道を紀氏《きのし》、伴氏《ともし》の武門の名族より学び、ひととおりの兵法《ひょうほう》、早業《はやわざ》を心得ておりますれば」

「それでも、充分に用心なされませ。そなたが傷つけば、わたくしも哀しい……」

「……………」

頼光がふと目を落としたとき、一陣の風が吹き渡り、御簾《みす》がふわりとめくれ上がった。

瞬間、御簾の奥にいた美子の白い顔が薄暗がりに花のように浮かび上がった。

（あッ）

と、頼光は息を呑んで、女の顔を見つめた。純白に若草色をかさねた卯花襲《うのはながさね》の清楚な衣《ころも》が、美子のやさしい顔によく映えた。

頼光は思わず、御簾の下から手を伸ばし、膝の上にあった美子の小さな手を衣ごと摑《つか》んだ。

「叔母上、あなたのことを……」

「……………」

美子はこたえなかった。

こたえるかわりに、するりと頼光の手を振りほどき、

「しばらく、初瀬《はつせ》の長谷《はせ》寺へ物詣《ものもう》でにまいります。当分お会いできませぬが、どうかくれぐれも身のまわりにお気をつけなされますように」

と言うと、さやさやと衣《きぬ》ずれの音を残して、寝殿の奥へ姿を消した。

ひとり取り残された頼光は、その人のぬくみの残るおのが手を悄然《しょうぜん》と見つめた。

三

頼光の屋敷は一条堀川《いちじょうほりかわ》にある。

北を一条大路、南を正親町《おおぎまち》小路にかこまれた、方一町《ほういっちょう》の邸宅である。父満仲の財力もあって、頼光の屋敷は、権門貴族にも引けを取らない立派なものであった。

貴族の邸宅と異なっているのは、門の内側にものものしく櫓《やぐら》が組まれ、昼夜を問わず、弓矢を持った侍が見張り番をしていることである。

一条堀川の地に屋敷を構えたのは、頼光自身の意思ではない。朝廷から命じられたのだった。

頼光の屋敷のすぐ西側には、平安京随一の魔所として名高い、

——一条戻橋《もどりばし》
がある。

堀川にかかる、一見何の変哲《へんてつ》もない小さな橋だが、内裏の北東、すなわち鬼門《きもん》の方角にあたっているため、鬼の出没する場所として恐れられてきた。頼光は、その魔所の一条戻橋を守護せよと、朝廷に命じられた。この時代の武者は、たんに武芸をよくするだけでなく、鳴弦《めいげん》の法により、鬼や怨霊を退散させるという呪術者としての役目も併せ持っていた。

「殿、どこへまいっておられましたッ」

一条堀川の屋敷へもどった頼光を迎えたのは、一《いち》ノ郎等《ろうとう》の渡辺綱《わたなべのつな》であった。

渡辺綱は〝頼光四天王〟と呼ばれる頼光腹心の郎等のひとりである。四天王のほかの三人——坂田金時《さかたのきんとき》、卜部季武《うらべのすえたけ》、碓井貞光《うすいさだみつ》とともに、鬼をもひしぐようなつわものであった。彼らは、若いながらも知略に長《た》け、男気のある主人の頼光に心服しきっている。

「何かあったか」

頼光は、渡辺綱の形相にただならぬものを感じ、馬の手綱《たづな》を厩《うまや》の雑色《ぞうしき》にあずけた。

「何があったどころではござらぬ。卜部季武の弟、季秋《すえあき》が殺された」

「何ッ」

頼光は顔色を変えた。

卜部季秋は兄の季武とともに源家に仕え、鷹狩や遠駆けのときには必ず頼光に付き従った。年はまだ十九歳と若いが、兄同様、腕っぷしも強い。その季秋が殺されたとの知らせは、頼光に少なからぬ衝撃を与えた。

「誰に殺《や》られたのだ」

「わかりませぬ」

綱は低い声で言った。

「今朝《けさ》がた早く、久世郷《くぜごう》の蔵王堂《ざおうどう》の門前に虫の息で倒れていたのを、寺の行者《ぎようじや》が見つけ、名を聞き出して屋敷に知らせてくれたのでござる。季秋は、名を告げたあと、力尽きて息絶えたとか」

「人は遣《や》ったか」

「はッ。兄の季武が従者数名をひきい、ただちに駆けつけましてござる」

「久世郷の蔵王堂と申したな……」

頼光はかすかに眉《まゆ》をひそめた。

「久世郷の蔵王堂と申せば、京城《けいじよう》からはずれた桂《かつら》川の向こうではないか。季秋は何ゆえ、さようなところへ……」

「それもわかりませぬ」

「そうか。とにかく、わしも蔵王堂へ行くぞ」

「承知」

頼光と渡辺綱は、即座に馬上の人となった。

久世郷は、西国街道を西へ進み、桂川を渡り、桂の里から枝分かれした道を南へ半里ばかり行ったところにある。あたりは、茫々たる葦原《あしはら》が広がり、人の住む集落のまわりだけ、ぽつりぽつりと田畑がひらけている。

蔵王堂をめざし、葦原のなかの道を急いでいると、途中、西山のほうにむらむらと黒雲が湧いてきた。

（いやな雲行きだ……）

頼光は、しめり気を帯びた風を裂くように、馬の尻に鞭《むち》をくれた。

頼光と綱が蔵王堂の門前に着いて、馬から飛び下りると、仁王門の下で待っていた卜部季武と従者らが駆け寄ってくる。

「季秋はどこじゃ」

「あれに」

と、卜部季武が目でしめしたのは、仁王門の脇に枝を延ばす楠《くすのき》の大木だった。楠の根元の地面に、筵《むしろ》がかぶせられている。季秋の死体であろう。

頼光は仁王門の軒下を通り、死体につかつかと歩み寄った。

地面に片膝をつき、筵をめくる。

「これは……」

さしもの頼光も、一瞬、声をなくした。

季秋はうつぶせに横たわっていた。

後頭部から背中にかけて、骨が見えるほどの深い刀傷がある。後ろから不意を襲われ、斬られたことは、ざくりと裂けた傷を見れば明白だったが、傷はそれだけではなかった。身につけた褐色《かちんいろ》の直垂《ひたたれ》がぼろぼろになるほど、背中をめった刺しにされている。

血は直垂を黒く染め、ごわごわと固まっていた。

「むごいことをする」

頼光は季秋の亡きがらに向かって手を合わせた。

「季秋を殺した者の目星はついたか」

頼光が振り返ると、季秋の兄の卜部季武は肉親の感情を押し殺した声で、

「いえ。しかし、相手は相当の手だれであることはまちがいございませぬ。後ろから襲われたとは言え、季秋ほどの剛の者が、これほどの傷を受けるとは……」

「敵は、ひとりではないかもしれぬな」

「はい」

季武は蒼ざめた顔でうなずいた。

「倒れている季秋を見つけたのは、蔵王堂の行者だそうだな」

「御意」

「行者からくわしい話を聞いたか」

「それが、今朝から本堂で護摩祈禱《ごまきとう》に入っていて、祈禱が終わるのを待っていたところでござる」

「そうか……」

立ち上がって、仁王門の向こうの本堂を見ると、格子戸の奥に灯明《とうみよう》の明かりがともり、陀羅尼《だらに》を唱える声が聞こえた。

頼光は郎等たちに門のところで待っているように命じ、蔵王堂の本堂に向かってひとりで歩き出した。

本堂の階段をのぼりつめ、広縁《ひろえん》に上がる。

格子戸を開けると、本堂のなかは護摩の煙がもうもうと立ち込めている。不動明王の曼荼羅《まんだら》の前に護摩壇が組まれ、柿《かき》の衣《ころも》を着た蓬髪《ほうはつ》の行者が炉に護摩木をくべながら、一心不乱に陀羅尼を唱えていた。

南莫三曼多《ナウマクサンマンタ》、縛曰羅赧《バアザラタン》、憾《カン》
南莫三曼多、縛曰羅赧、憾……

頼光は本堂の隅にすわり、護摩祈禱が終わるのを待った。

広い本堂に、行者のだみ声だけが響く。

四半刻《しはんとき》ほどして、陀羅尼を唱える声がようやくやんだ。

頼光が声をかけると、

「何じゃ」

と、行者が振り返った。

口のまわりにまばらな髭《ひげ》を生やした、ひとくせありそうな顔つきの男である。

「和主《わぬし》、今朝ほど、わが郎等が門前に倒れているのを見つけてくれたそうだな。あるじとして、礼を言う」

頼光は頭を下げた。

「礼を言われるほどのことはない。たまたま寺の外へ出たら、あの男が倒れていたまでのこと。それに、命を助けてやることはできなかった」

「和主が見つけたとき、季秋はまだ息があったそうだが」

「おお。あれだけひどい傷を負っていながら、生きておったとは、たいした男と感心したものよ。おのれの名と、あるじの名を苦しい息の下からわしに告げおった」

「季秋はほかに、和主に何か言わなんだか」

「とは？」

「自分を襲った敵のことだ。それらしい人の名を、言い残しはしなかったろうか」

「さあてな……」

行者は無精髭を生やした顎に手をあて、首をひねった。

「何しろ、虫の息だったからな。喋っていることが、よう聞き取れなんだわ」

「何でもいい、思い出してもらいたい」

「ずいぶん偉そうな口をきくな」

行者は眉をひそめた。

「和主は検非違使ではないのであろう。ことの糾明《きゅうめい》は、検非違使に任せておけばよいではないか」

「そうはいかぬ」

と、頼光は行者の目をにらんだ。

「武者にとって、郎等は親兄弟と同じ。おのれが郎等を殺した者は、いかな相手であっても、わが手で捕らえ、恨みを晴らしてやらねばならぬ」

と言うと、頼光は腰の佩刀《はいとう》に手をかけるしぐさをした。

「無用の隠し立てをすると、ただではおかぬぞ」

「おい、待て」

行者はあわてて顔の前で手を振った。

頼光の見幕《けんまく》に恐れをなしたか、行者は打って変わって神妙な顔つきになり、

「いま、思い出した。たしかにあの男、息絶える前に、一言《ひとこと》つぶやいておった……」

「何と言ったのだ」

「わしの耳元で息も絶え絶えに、きどうまる、と申しておった」

「鬼同丸だと……」

鬼同丸は、頼光がみずからの手で討ち果たした盗賊である。すでに死者となった鬼

同丸が、季秋を襲うはずがない。

「何かの聞きまちがいではないのか」

「いや、聞きまちがいなどではない。和主の郎等はたしかにそう言って息絶えたのだ」

「では、季秋は、鬼同丸に斬られたと言い残したのだな」

「そうではない。ただ、その名をつぶやいて死んだということじゃ。ほかにわしの知っておることはない」

迷惑そうに言うと、行者は憤怒《ふんぬ》の形相を見せる不動明王の曼荼羅のほうへ向き直ってしまった。

（鬼同丸か……）

頼光は口のなかでつぶやいた。

むろん、鬼同丸は生きてはいない。ただし、一味の残党どもはいる。季秋殺しは、あるいは、復讐心に燃える鬼同丸の手下のしわざかもしれなかった。

（すまぬ、季秋。和主はわしのせいで命を落としたのだ。仇《かたき》は必ず、わが手で討ってやるぞ……）

ひそかな決意を胸に、頼光は蔵王堂をあとにした。

四

馬を走らせ、館へもどった頼光は、昨夜の季秋の行動を調べた。

夕方までの足取りは、すぐに摑むことができた。季秋は仲間のひとりと東ノ市へ出かけ、あちこちの店をひやかして、どこぞによき刀でもないかと歩いていたらしい。

季秋と一緒だった郎等の話によれば、市の北端にある市比売《いちひめ》神社の前まで来たとき、突然、

「この世にいるはずのない者がおる。面妖《めんよう》じゃ……」

と、顔をこわばらせたという。郎等がどういうことかと聞き返すと、季秋は、

「いま、おのれの目でたしかめてくる。しばし、ここで待っておれ」

と言い残し、市の人ごみのなかへ姿を消した。

が、いくら待っても、季秋は帰って来ず、仲間の郎等は、一条堀川邸へひとりで引き揚げてきたのだった。

翌朝、季秋は蔵王堂の門前で、無残な姿で発見された。東ノ市から蔵王堂までの足取りを知る者はいない。

（この世にいるはずのない者か……）

頼光は季秋の言葉を、胸のうちで反芻《はんすう》した。

東ノ市で、季秋は誰かを見たのだ。それは、この世にいるはずのない者だった。

季秋は、その者の正体をたしかめるため、ひとりであとを追いかけていったのであろう。

この世にいるはずのない者とは、誰か——。

（まさか、鬼同丸……）

頼光は思い、

「ばかな」

と、口に出して打ち消した。

鬼同丸が、東ノ市を歩いていたはずがない。鬼同丸は市原野で、頼光自身が首を刎《は》ねた。

カッと虚空《こくう》をにらみ、世を呪うような形相を見せた鬼同丸の首が、雨に濡れた草のなかに転がったのを、いまも頼光ははっきりと覚えている。

鬼同丸の首と胴は、従者に穴を掘らせ、市原野へ埋めてきた。

（季秋は、鬼同丸の死霊を見たのか……）

信じがたい話だった。だが、季秋が東ノ市で鬼同丸の姿を見、おどろいて蔵王堂まで追って行ったと考えれば、何もかも辻褄《つじつま》が合うのである。

頼光が、自分の推量を渡辺綱に打ち明けると、

「じつは……」

と、綱が苦い顔で切り出した。

「鬼同丸の姿を見たという者が、ほかにもおるのです」

「何？」

「あまりにばかげた話と思い、お知らせしなかったのですが、三日前に東寺《とうじ》の宝蔵を破った盗賊一味をひきいていたのが、あの鬼同丸そっくりの男だったとか」

「たしかな話か」

「はい。寺の承仕《しょうじ》法師が厠《かわや》の窓から見ていたというのですから、あながち根も葉もない話とも言えますまい。それに……」

と、綱は話をつづけ、

「五日ほど前にも、市原野を通りかかった山科《やましな》の双六《すごろく》打ちが、鬼同丸らしき者の姿を見かけたと大騒ぎしておったそうです」

「市原野に、鬼同丸が」

「はい」

「やつはまだ生きているのか」

「まさか……」

渡辺綱が眉間《みけん》に皺を寄せた。

「首を落とされた者が、生き返るはずがございませぬ。さだめし、鬼同丸によく似た者が、やつの名をかたって盗みを働いておるのでございましょう」

「そうかもしれぬ」

頼光は苦い顔になった。

鬼同丸には、兄か弟か、顔のそっくりな兄弟がいたにちがいない。鬼同丸が殺されたと聞き、その兄弟が鬼同丸になりかわって盗賊の首領になったということは、十分に考えられる。

季秋は、東ノ市でその男を見かけ、あとをつけて逆に殺されてしまったのであろう。

「鬼同丸に年の近い兄弟がいなかったかどうか、調べさせよ。もし兄弟がおれば、その者がいま何をしているか、くわしく探索させるのだ」

「ははッ」

「だが、万にひとつということもある。念のため、市原野の鬼同丸を埋めた場所を掘り返して死骸をたしかめてみよう。鬼同丸が生きているなどと、つまらぬ噂が広がっては、京の民びとが恐れおののく」

「墓をあばくのでございますな」

渡辺綱が、声をひそめるように言った。

「そうじゃ。雑色どもに鋤《すき》を持たせ、市原野へ向かわせよ。わしもあとから行く」

頼光が市原野に着いたとき、あたりは夕闇につつまれていた。

風が草原をざわざわと揺らしている。雷鳴がとどろき、青白い稲光が黒雲におおわれた空を走った。

頼光の雑色たちは、黙々と土まんじゅうを掘り返した。

鬼同丸の死骸を埋めたのは、さして深い場所ではない。地面から五尺（百五十センチ）ほどの穴を掘り、そこに死体を投げ込んで土をかぶせたのである。

埋めてからすでに半月は経っている。死体はとうに腐っていることであろう。

雑色たちの表情がいちように暗いのは、土のなかから出てくるものが容易に想像できるからだ。

ザクッ

ザクッ
と、土に鋤が食い込むたびに、穴が広がっていく。

「まだ、出て来ぬか」

頼光の問いかけに、穴の底で鋤を振るっている雑色のひとりが顔を上げ、

「それが、おかしいのでございます。とうに、埋めたところまで掘り返したはずなのですが、いまだに見当たりませぬ」

「掘り返す場所をまちがえたのではないか」

「いえ、土まんじゅうの上に、目印の大きな丸石が置いてありましたゆえ、そんなことはありませぬ」

「死体がどこへも行くわけがない。もっと深く掘ってみよ」

雑色たちは、暗闇のなか、さらに鋤を振るいつづけた。七、八尺（二百十〜二百四十センチ）掘ったが、鬼同丸の死骸はあらわれない。煙のように消え失せている。

念のため、雑色たちに土まんじゅうのまわりも掘り返させてみた。

骨一片、出てこなかった。

（鬼同丸は、ほんとうによみがえったのか……）

暗い穴を見下ろしながら、頼光は背筋に悪寒のようなものが走るのをおぼえた。

（いや、そんなはずがない。やつの死骸は、残党が掘り出して持ち去ったのだろう……）

「もっと掘りまするか」

疲労困憊《こんぱい》した雑色の声に、

「いや、もうよい。みな、ご苦労であった」

頼光は鬼同丸の死体捜しをあきらめた。

風が強くなり、どっと激しい雨が空から落ちてきた。頼光の肩を、頭を、大粒の雨がたたく。

頼光が馬に乗ろうと、鐙《あぶみ》に足をかけたとき、道の向こうから雨をついて走ってくる一騎の騎馬武者がいた。

「殿、一大事でございますッ！」

馬からすべり落ちるように下り、頼光の前に片膝をついたのは、館に残してきた留守居役の郎等だった。

「美子さまが、八条邸の美子さまが……」

「美子どのがどうされたと言うのだ」

「さ、さらわれたのでございます」

「さらわれたとは、どういうことだ。かのお方は、長谷寺へ物詣でにまいられたはず」

「その長谷寺へ向かう途中、南山城《みなみやましろ》の木幡《こはた》山で、野盗の一団に美子さまが拉《らっ》し去られたとのこと。命からがら逃げもどった従者が、野盗の首領から、このようなものを渡されたと……」

郎等が差し出したのは、一通の文だった。

引ったくるように受け取り文を開いた頼光の顔色が変わった。

そこには、くろぐろとした太い文字で、

山科《やましな》の古山荘にて待ち申し候《そうろう》　　　鬼同丸

と、書かれていたのである。

五

——山科の古山荘

と言えば、都で知らぬ者はない。

京の粟田口《あわたぐち》から日《ひ》ノ岡《おか》を越えた山科の地に建つ、人康《ひとやす》親王の山荘である。人康親王は、仁明《にんみよう》天皇の四ノ宮で、琵琶《びわ》の名手として名高かった。

山荘は、風雅を愛した親王の人柄そのままに、庭に銘石銘木を配し、林間に滝や遣水《やりみず》を流すなどした贅《ぜい》をこらしたものであったが、人康親王の死後、住む人もなく荒れるにまかされていた。

夜ともなれば、松籟《しようらい》の音にまじり、無人の山荘から琵琶のかそけき音が聞こえてくることもある。人康親王の霊が、荒廃した古山荘にとどまっているのであろうと人々は噂し、茫々《ぼうぼう》と草の生い茂った邸内に足を踏み入れる者はいなかった。

頼光とその一党十二人は、山科へ向かって馬を飛ばした。

市原野から山科へは、三里。

わき目もふらず、馬を責めに責めて半刻後に古山荘に着いた。

雨は上がっている。

雲間から、煌々と皓《しろ》い月がのぞいていた。

見上げると、諸羽《もろは》山がなだらかな稜線を見せてくろぐろと横たわり、その南ふところの林のなかに、荒れ果てた山荘の建物が凄惨な姿で残っている。

頼光は郎等に命じ、松明《たいまつ》に火をともさせた。

「鬼同丸の一味が、待ち伏せしているであろう。みな、用心をおこたるな」

腰の佩刀を抜いた頼光は、郎等たちの先頭に立って戸板のはずれた門をくぐり、邸内へ入った。

静かである。

物音ひとつしない。敷地を流れる遣水の音だけが闇の底からかすかに響いてくる。

人の気配は感じられなかったが、油断はできない。何しろ、相手が相手である。

頼光は、中門《ちゆうもん》から屋敷へ踏み込んだ。穴のあいた天井から雫《しずく》が垂れ、板敷の廊下は一面、甕《かめ》の水でもこぼしたように濡れていた。

頼光は用心しながら屋敷の奥へ進んだ。山荘の床は、ところどころ腐って抜け落ち、踏みしめるとギシギシ音がする。

（来い……）

いつ敵が襲いかかって来ても応じられるように、周囲へ目をくばり、刀の切っ先は前に突き出している。

無住の屋敷は、漆黒の闇だけが重く横たわっていた。この闇のどこかに、囚《とら》われの身の美子がいるのかと思うと、それだけで頼光の心はきりきりと痛んだ。美子にもしものことがあれば、頼光は自分も生きているつもりはない。

やがて――。

頼光は、山荘のなかほどにある寝殿《しんでん》に出た。

郎等たちが松明で照らすが、人影はどこにも見当たらない。あたりは静まり返っている。

「もしや、われらは鬼同丸の一味の者にたばかられたのでは……」

小具足に身をかためた渡辺綱が言った。

「いや」

と、頼光は寝殿を見まわし、

「鬼同丸の名をかたる者は、このわしをおびき出し復讐するために美子どのをさらったのだ。やつはどこかに身をひそめ、闇のなかからじっとわれらの動きをうかがっているはずじゃ」

頼光は十二人の部下を二手に分け、一隊に寝殿より北のほうを、もう一隊には、まだ足を踏み入れていない屋敷の西のほうを探させた。

郎等たちが散ると頼光はただひとり庭へ下り、広い敷地のどこかに人の隠れていそうな場所はないかどうか、見てまわった。

松明は持っていない。

月明かりだけをたよりに、荒れ果てた庭を歩く。朽葉《くちば》の浮かぶ古池の水が月明かりに濡れ、銘石の黒い影が池のあちこちに伏している。

ふと裏山の斜面をあおぐと、闇に沈んだ樹々のあいだに、小さな明かりがともっているのが見えた。

（あれは……）

頼光は明かりをめざし、裏山に通じる小道をのぼった。

半町《はんちょう》ばかりのぼると、目の前に瓦葺《かわらぶ》きの小さな御堂《みどう》があらわれた。明かりは、その御堂の火灯《かとう》窓から洩れていた。

御堂は、かつて人康親王の持仏堂であったものだろう。

それにしても、この夜更け過ぎ、人里離れた山中の持仏堂に籠もっている者などいるはずがない。

（やつはここにいるな……）

頼光は全身の神経を張りつめ、刀を体の前に構え直した。

そのときである。

背後で、わーッと人の叫び声が聞こえた。声は屋敷のほうから聞こえた。それにまじって、刃物の触れ合う激しい音、人の入り乱れて動く重い足音が響く。

山の下の古山荘で、戦《いくさ》がはじまっていた。

（しまったッ。敵はやはり山荘のなかにひそんでいたのか）

邸内を探しまわっていた頼光の郎等たちに、鬼同丸の一味が襲いかかったのであろう。

頼光は急ぎ、山荘へもどろうと踵《きびす》を返した。

と——。

「待てぃッ！」

頼光の背中に、突如、声が降って来た。

「逃がしはせぬぞ、頼光」

頼光が見上げると、杉の大木の太枝の上に影がうずくまっている。

——あっ

と、頼光が思う間もなく、影はむくむくと起き上がり、樹上からむささびのごとく飛び下りてきた。

頼光は落ちてくる黒い影めがけ、切っ先をはね上げる。

ガッ
と音がし、刀と刀がぶつかり合う感触が手に伝わった。

次の瞬間、ふわりと地面に下り立った影が、刀を低く構え、頼光を冷たく光る眸《ひとみ》で見すえた。

「きさま……」

月明かりに照らし出されたその男の顔を見て、頼光は思わず息を呑んだ。不敵な笑みを頰に刻みながら頼光の目の前に立っていたのは、忘れもしない、頼光がおのが手で成敗《せいばい》したはずの鬼同丸ではないか。

冥府魔道《めいふまどう》に堕《お》ちた男が、いま、頼光の眼前に立ち、全身にすさまじい鬼気をみなぎらせている。

「鬼同丸、きさま生きていたのか……」

頼光は喉の奥からしぼり出すように言った。

が、男はこたえない。土気色の顔をゆがめ、唇の端を吊り上げて、幽鬼のごとく笑っている。

「いや、きさまが鬼同丸のはずがない。やつは死んだのだ。きさまは、鬼同丸の血を分けた縁者だな」

頼光はそう言うことで、かろうじて落ち着きを取り戻そうとした。武者の子である頼光は、物怪《もののけ》を信じ、おびえる貴族と違って、怨霊《おんりよう》など恐れてはいない。死霊におびえるようでは、合戦で人を斬ることなどできはしない。

「何とか言え、言わぬかッ！」

「…………」

男は頼光の言葉にこたえなかった。

こたえるかわりに、ダッと踏み出し、手にした打刀で斬りかかってくる。

頼光は横へ跳んだ。

一撃をかわし、ふたたび身構えたとき、突風が吹いてきた。

ザッと、周囲の樹々の枝が揺れ、一瞬、吹きつける強い風のために視界がおぼろになった。

（いかん……）

と、思ったとき、白刃が突き出された。

頼光の喉首を狙っている。

反射的に、頼光は右に身をずらし、切っ先をかわした。かわしざま、踏み込み、男の胴を横一文字に薙《な》ぐ。

重い手ごたえがあった。

胴を斬られた男は、二、三歩前へよろめき、体を支えようともがいたが、支えきれず、灌木《かんぼく》の茂みのなかへ頭からドッと倒れる。地面に這いつくばった男は、しばらく小刻《きざ》みに身を震わせていたが、やがて動かなくなった。

頼光は血刀を引っさげたまま、持仏堂の扉をあけ、なかに入った。

美子は、いた。

後ろ手に縄で縛られ、口に猿轡《さるぐつわ》をかまされている。

頼光が刀でいましめを断ち、猿轡をはずしてやると、紫苑《しおん》色の衣を着た美子のやわらかな体が胸に飛び込んできた。

「もはやご心配いりませぬ。賊は、この頼光が退治いたしました」

「…………」

美子は頼光の腕にしがみつき、声もなく泣いた。その女の肌のぬくみをたしかめるように、頼光は美子を強く抱きしめ、唇をかさねた。

「鬼同丸には、双子《ふたご》の弟がおったそうでございます」

と、渡辺綱が告げたのは、事件の夜から一月《ひとつき》が過ぎた夏の宵のことである。酒杯をかたむけていた頼光は、ふと手をとめ、

「やはり、そうか。あれは鬼同丸の弟であったのだな」

双子は当時、畜生腹として忌まれ、兄弟の片方を里子に出す慣習があった。鬼同丸の双子の弟も、兄とは引き離され、別の場所で育ったのであろう。弟は、兄の鬼同丸が頼光の手で斬り殺されたと聞き、復讐を思い立ったのではあるまいか。

頼光は鬼同丸を二度斬った。だが、どうしても斬れぬものもある。

(恋の闇の深さよ……)

頼光はため息をついた。美子との許されざる恋は、はやくも人の噂にのぼりはじめている。

結城《ゆうき》恋唄

一

蚕《かいこ》から糸をつむぎ、丹精こめて機《はた》を織る。

農作業のあいまに一反の紬《つむぎ》を織り上げることは、下総結城《しもうさゆうき》近在の女たちの誇りであった。つやのあるよい紬を織り上げる娘がいると聞けば、ほうぼうから縁談が舞い込んだ。機織りの腕前のよしあしは、器量よりも何よりも、女の値打ちを決めるものさしだった。

キー、バタン、トントン……。

居座機《いざりばた》が鳴っている。

鬼怒川《きぬがわ》のほとりの、女方村《おざかた》。その村のはずれにある、一軒の農家の縁側で、腰の曲がった老婆が紬を織っていた。

キー、バタン、トントン。

キー、バタン、トントン。

眠気をもよおしそうな単調な音が、晩春の午下《ひる》がりの物憂《う》い空気のなかに、繰り返し、繰り返し響きわたる。

「あいかわらず、お吉《きち》婆は働き者だのう」

縁側に腰かけた松平民部《まつだいらみんぶ》は、老婆の巧みな手さばきに目をほそめた。

ぼさぼさの蓬髪《ほうはつ》に、陽灼《ひや》けした浅黒い顔。顎《あご》がたくましく張り、やや瞼《まぶた》の厚い目が、どこか茫洋とした雰囲気をかもしだす、素朴な風貌の若者だった。

「まだまだ、若い者には負けぬわ。腰が曲がっても、手足が動くうちは機を織りつづけるわい」

「口のほうも達者なようだ。そのぶんでは、十年でも、二十年でも長生きしそうだな」

「いや、人の命はわからぬもんじゃで。明日にでも、ぽっくり逝《い》くかもしれん。じゃが、わしの織った紬は、百年たっても生きつづけておるわね」

「婆の織った紬は、いつまでたってもつやが失《う》せぬ。かるくて、やわらかくて、こう、肌にしっくり馴染《なじ》んでくれるようだ」

「若さまは、昔からおやさしいのう」

老婆がふと、皺《しわ》くちゃの目もとに涙をにじませた。

お吉婆のもとに民部が立ち寄ったのは、じつに八年ぶりのことだった。

十歳のときから二十一まで、青春時代を結城ですごした民部は、遠駆けの途中にお吉婆の家で馬をやすめ、ときには手づくりの芋粥《いもがゆ》を食わせてもらったり、近在の無頼者とのケンカでおった傷を手当してもらったりもした。

この結城で、身の置きどころのない孤独な日々をおくっていた民部にとって、お吉婆の家は、唯一、心が安らぐ場所であった。

「はじめてここへ来たとき、婆にえらく叱られたな」

「そうじゃ。若さまが庭の柿の木にのぼって、熟《う》れた実をもごうとしていたのを、わしが見つけてのう」

「子供ごころに、肝《きも》がちぢみ上がるほどの大声で怒られた」

民部は、庭に若緑の葉を芽吹かせる柿の木をなつかしげに見上げた。

「あれは、柿が惜《お》しゅうて叱ったのではない。柿の枝は折れやすうて、危ないものじゃ。もしものことがあってはと思い、夢中で叱りつけたのじゃ」

「婆の気持ちは、あとになってわかった」

以来、民部は城の暮らしが窮屈になったり、気鬱なことがあると、お吉婆の家へ馬を走らせるようになった。

「ここへ寄るまえ、城のあとへ行ってきたが、すっかり変わりはてていたな」

民部は言った。

「結城のお城も、いまは荒れほうだいじゃで。浦町《うらまち》の陣屋に幕府の代官さまがやってきたが、土地の者はみな、結城の殿さまがおられた昔を恋しく思うておりますわ」

お吉婆は筬《おさ》をすべらせ、機を織った。

「結城のご一族が越前《えちぜん》へ国替えになってから、かれこれ八年になりまするかのう」

「うむ」

「若さまは、城においでよいのか。越前ではご当主の秀康《ひでやす》さまがお亡くなりになったと、風の噂に聞きましたが」

「おれは、越前ではいらぬ人間だ。おれがいては、かえって家中が波立つもとになる。だからこうして、諸国をあてどもなく旅しているのだ」

「何でもええ。若さまが、こうして婆を忘れず、たずねてきて下された。それだけで、死ぬほど嬉《うれ》しゅうござりまする」

「…………」

「ときに、鶴子《つるこ》さまは、どうしていなさりまする。まだお若いのに、ご夫君の秀康さまを亡くされて、さぞ気落ちしておいでじゃろう」

「鶴子どののことは知らぬ」

その人の名を口にしたとたん、民部は自分でも顔がかたくこわばるのを感じた。

松平民部は、八年前まで、この地を治めていた下総結城十万一千石の大名、結城秀康の義理の息子にあたる。義理の息子とはいっても、じっさいは腹ちがいの兄弟。年は七歳しか離れていない。

民部が兄のもとへ養子に出されたのには、少々、込み入ったわけがあった。

民部は、じつの父親である江戸幕府初代将軍、

――徳川家康《とくがわいえやす》
に、捨てられたのである。

この間の事情を、『幕府祚胤伝《ばくふそいんでん》』は、次のようにしるしている。

「松平民部　東照宮《とうしょうぐう》四十一歳の御時、天正《てんしょう》十年壬午《みずのえうま》、誕生。俗忌を避くるよって、越前（結城）秀康卿養子となす」

すなわち、松平民部は、家康が男の前厄《まえやく》にあたる四十一歳のときに生まれた厄年子であったため、

――厄年子は親にあだをなす。

という俗信によって、家康に捨てられた。

かわって拾《ひろ》い親になったのが、家康の二男で、当時八歳だった秀康であった。むろん、秀康自身が決めたわけではない。すべては、家康の意思にほかならなかった。

民部は四歳のとき、豊臣秀吉《とよとみひでよし》の養子となった義父秀康とともに大坂城へ入った。

大坂城での暮らしは、民部のなかで、もっともきらびやかな記憶として残っている。城は大きく、秀吉は快活で派手好きの老人だった。

その後、十歳のとき、秀康が関東の名門、結城家へ婿《むこ》養子に入り、それに従って民部も結城の地へ下った。

万事に、はなやかな大坂での暮らしにくらべ、

(何と鄙《ひな》びた土地か……)

ひどく心ぼそくなったのをおぼえている。

しかし、住めば都とはよく言ったもので、民部は東に筑波山《つくばさん》をのぞむ、結城のおおらかな土地柄が好きになり、関東の平野を馬で駆けめぐった。

民部が結城の地を愛するようになったのには、もうひとつ理由《わけ》がある。義父秀康の妻、鶴子の存在だった。

結城の城で、はじめて鶴子に引き合わされたとき、民部はその場の空気が、何か、かぐわしい匂いに満たされたような気がした。

結城家の先代、晴朝《はるとも》の孫にあたる鶴子は、このとき十七歳。秀康と同い年である。顔も姿も美しいが、ただそれだけではなく、人をつつみ込むようなやさしさ、あたたかな雰囲気を持つ女人だった。

義母というより姉のような、いや、もっと激しい慕情が民部のなかに湧き起こった。

——恋
と言ってもいい。

しかし、鶴子は義母である。かりそめにも、思いを口に出してはならない。この結城の地には、民部が心に秘めた恋唄が流れていた。

いまから八年前、関ヶ原合戦の功により、義父秀康が越前北ノ庄《きたしょう》六十七万石に加増転封され、民部も結城を去った。

結城を離れても、苦しい恋は変わらなかった。義父の妻である鶴子をいくら思っても、恋がかなうはずがない。むしろ、苦しさだけがつのった。

が、去年——。

秀康が病のために、三十四歳の若さで死んだ。あとを継いだのは、側室腹の忠直《ただなお》。秀康とのあいだに子のなかった鶴子は、北ノ庄城の奥御殿を出て、西ノ丸でひとり寂しい寡婦《かふ》暮らしとなった。

（手をのばせば届くところに、あの人はいる……）

思いはつのったが、恋を遂《と》げることは、民部にはできなかった。義母との禁断の恋は、やはり、ゆるされるものではない。

民部は思いに耐え切れず、越前北ノ庄をあとに、諸国流浪の旅に出た。半年前の秋のことである。

二

（鶴子どのも、この結城紬が好きだった……）

民部は、自分が着ている茄子紺《なすこん》の結城紬にそっと目を落とした。

鎌倉時代以来つづく、関東の名門、結城一族の血を引く鶴子は、結城氏歴代が守りはぐくんできた結城紬の織子《おりこ》を育てることに熱心だった。

結城紬の歴史は古い。遠く、奈良時代に常陸《ひたち》国より朝廷に献上された《絁《あしぎぬ》》が、その原型といわれている。

やわらかで素朴な風合いが鎌倉武士たちに愛されるようになり、《常陸紬》の名で呼ばれるようになった。のち、結城一族が保護育成したため、

――結城紬
として、諸国に知られるようになる。

「この紬には、結城一門の誇りと魂が染み込んでいるのです」

鶴子は織り上がった反物をいとしげに撫《な》でながら、つぶやくように言ったものである。

鶴子はお吉婆をはじめとする結城の織子たちからも、さながら観音さまのごとく慕《した》われていた。

それゆえ、越前に国替えになり、生まれ育ったこの地を去らねばならなくなったとき、鶴子がどれほど嘆き悲しんだか、民部はよく知っている。

（結城に心を残してきたあの人の代わりに、おれはここを、ふたたびおとずれたのだ……）

そんな思いがあった。

「のう、婆。結城紬の名を、のちのちまで残すためにも、よい紬をしっかり織りつづけてくれ」

「それがのう、若さま。近ごろでは、何もかも昔どおりというわけにはいかなくなってきたのじゃ」

「どういうことだ」

民部は聞き返した。

「どうもこうもねえ。浦町の代官所のやりようは、結城の殿さまのころと、何もかもちがう」

「くわしく話してくれぬか、婆」

民部が身を乗り出したとき、

「おお、噂をすれば何とやらじゃ。連中がやってきたで」

お吉婆は機を織る手をとめた。

家の庭に入ってきたのは、陣笠《じんがさ》をかぶり、黒羽織《くろばおり》を着た侍だった。傲岸不遜《ごうがんふそん》な態度からみて、幕府からつかわされた代官所の役人であろう。三人ほどの中間《ちゅうげん》、小者を連れている。

男は縁側にいる着流し姿の民部に、ちらりとするどい視線をくれたのち、お吉婆に大股に近づき、

「あれほどきつく申し渡したに、まだ平織《ひら》りの紬を織っておったかッ」

頭ごなしに怒鳴《どな》りつけた。

「紬を織るのは、この地を結城の殿さまが治めていたころからの、わしらの大事な仕事じゃ。紬を織って何が悪い」

と、婆のほうも負けてはいない。

「紬を織ることが悪いとは言ってはおらぬ。代官、伊奈備前守忠次《いなびぜんのかみただつぐ》さまが定めたとおりの縞紬《しまつむぎ》を織れと申しておるのじゃ」

「縞紬など、結城紬ではない。昔から、結城紬は平織りの無地と決まっておるわ」

「おのれ、代官所のお達しに逆らうか。陣屋まで来いッ！」

「わしはどこへも行かぬ」

「陣屋の織屋へ入り、縞紬のわざをおぼえよ」

「いやじゃと言うておるに」

「ええいッ、この婆を引っ立てい」

代官所の役人の命に、うしろにいた小者が動いた。縁側に歩み寄るや、お吉婆の腕

をつかんで、居座機から引きずり出そうとする。

「やめよ」

民部は立ち上がり、小者の腕を取ってねじ上げ、そのまま放り投げた。腰から地面にたたきつけられた小者が、つぶれた蛙《かえる》のような悲鳴を上げる。

「きさま、何者じゃ」

役人が民部を睨《にら》みすえた。

「何者でもよかろう。事情は知らぬが、老婆を相手に、代官所の者が寄ってたかって狼藉《ろうぜき》をはたらくこともあるまい」

「すべてはお代官さまのご命令じゃ。逆らう者は、誰であろうがゆるさぬ」

目を吊り上げた役人が、左手の親指で鯉口《こいぐち》を切り、刀の柄《つか》に右手をかけた。

民部のほうは、刀を腰に帯びていない。身を守る武器といえば、背中の革袋に入れた四尺二寸一分の白木《しらき》の杖《じよう》だけである。

刀を持たぬのは、人を殺《あや》めぬためだった。杖は人を制するためにだけ持っている。できれば、代官所の者と騒ぎを起こしたくなかったが、

(逃げることはできぬ……)

民部の手が、背中の杖に伸びた。

と、そのとき——。

「若さまッ、どうかおやめ下さいませ」

若い娘の叫びが、その場の張りつめた空気を破った。

三

「お怪我《けが》がなくて、ほんに何よりでございました」

その夜、お吉婆の家の囲炉裏端《いろり》で、娘が民部に濁《にご》り酒をすすめた。

丸顔で、目はほそいが、小さな口もとに愛嬌がある。紺木綿《こんもめん》の絣《かすり》が、色白の肌によく似合っていた。

「しかし、おどろいた。お吉婆の孫のおふさが、こんなにいい娘になっていようとは」

民部は、娘の顔をじっと見つめた。

娘は頬をあからめ、

「それは、民部さま。最後にお目にかかったときから、八年もたっておりますもの。あのときはほんの子供でございましたが、私も十七になります」

「泣き虫のおふさが、もう十七か。時のたつのは早いものだ」

しみじみつぶやき、民部は土器《かわらけ》にそそがれた濁り酒を飲み干した。

「おれが知っているおふさは、悪童どもにいじめられて、いつも泣いていたものだ。いまでも、よく泣くのか」

「いやな若さま。もう泣きませんよ。いまでは一人前に、機も織れます」

「何の一人前なものかね。父母を早くに亡くし、わしが女手ひとつでここまで育ててやったというに、代官所に言われるまま、はやりの縞紬など織りおって……。ばかな奴じゃ」

横で話を聞いていたお吉婆が、このときばかりは苦い顔をした。

「代官所に命じられたから織っているのではありません。新しい柄にもよさがあると思うから、織っているのです」

「ふん」

と、婆が鼻を鳴らした。

「さきほどもそうじゃ。代官所の者に頭を下げてゆるしを乞《こ》うなどしてはならぬ。平織りの結城紬を守るためなら、わしは首を刎《は》ねられても本望じゃわ」

「婆さま……」

おふさが困った顔をした。

「なあ、おふさ」

「はい」

「さきほどから、縞紬がどうのと話しているが、縞紬とはいったい何のことだ」

「それは……」

と、おふさは目を伏せ、縞紬のことを語りだした。

それによれば――。

結城家が越前北ノ庄に移ったあと、結城は幕府直轄の天領となり、代官伊奈備前守忠次の支配下に置かれるようになった。

伊奈忠次といえば、徳川家康の信任きわめて厚く、関東を中心に天領百万石をまかされる辣腕《らつわん》家である。代官となるや、忠次は結城城を取りこわし、四百年つづく結城一門のなごりを一掃した。つぎに着手したのが、結城紬の改革である。

それまで、鬼怒川べりの農家の副業としておこなってきたものを、陣屋のなかに織屋をつくって、一括生産するようにした。しかも、そこで織られたのは、古来よりつづく伝統的な平織り無地の紬ではなく、縞紬であった。

このころ、織物の一大市場である江戸では、縞柄がはやっていた。忠次はそれをあてこみ、信州上田《しんしゅううえだ》から縞紬の職人を呼び寄せて、織子たちに縞柄の紬の技法を教え込もうとしたのである。

「お代官さまは、結城紬のよさと上田の縞紬のよさを一緒にし、もっとよい紬をつくり上げようとなさっているのです。婆さまのように、古いものにばかりこだわっていては、新しいものはできませぬ」

おふさが言った。

孫娘の言葉に、お吉婆は顔をしかめ、

「何を言うておる。縞柄の紬など結城の紬ではない。若さまもそう思われましょう」

「そうだな……」

民部には、どちらとも言えなかった。

ただ、お吉婆の言う古い結城紬には、ひそかに慕う鶴子の思い出がこもっている。その思い出が失われるのは、やはり寂しいことだった。

その夜――。

民部はお吉婆の家に泊まった。

夜になって、風が強くなった。庭の木々がざわめく音が耳につき、民部はなかなか寝つかれなかった。

ようやく、まどろみかけたころ、

「若さま、もうお寝《やす》みになられましたか」

板戸の向こうで、女の声がした。

「おふさか」

「はい」

民部は、寝床のなかで身を起こした。

「こんな夜中に、どうした」

「あの……。部屋へ入っても、よろしゅうございますか」

「ああ」

一瞬、民部はおふさが一夜妻《いちやづま》に来たのかと思った。

北関東では古くから、大事な客人を、その家の妻や娘が夜伽《よとぎ》をしてもてなす一夜妻の風習がある。

(弱ったな……)

おふさのほうがその気でも、民部はおふさを妹のように思っている。妹を抱く気になど、とてもなれない。

民部の困惑を知ってか知らずか、おふさが白いつまさきをみせて、部屋に入ってきた。

「若さま、お願いがございます」

おふさの思いつめたような目が、闇のなかで民部をひたと見つめた。

「待て、おふさ。話なら、明日の朝、聞こう」

「明日ではだめなのです」

「しかし、おれは……」

「若さま、お願いでございます。私の好きな人に会って下さいませ」

「そなたの？」

「はい。伊左次《いさじ》さんというのです。信州上田から、お代官さまの招きで陣屋へ来た、縞紬の腕のいい職人なんです」

「そういうことか……」

娘が夜伽に来たのではないとわかり、民部は思わず苦笑いした。

「そうか、おふさにも好きな男ができたか。めでたいことだ」

「ちっともめでたくなんぞ、ないんです」

「なぜだ」

「若さまも、さきほどご覧になったとおり、婆さまはお代官さまのすすめる縞紬を毛嫌いしております。縞紬が憎ければ、それを織る職人も同じ。伊左次さんと夫婦《めおと》になりたくても、婆さまは決してゆるしてはくれません」

「なるほどな」

おふさの悩みは、よくわかった。

おそらく、おふさは縞紬のわざを習うために陣屋に通ううち、その伊左次という職人と恋仲になったのだろう。

しかし、縞紬を嫌うお吉婆が、信州上田の縞紬職人と孫娘の仲を、おいそれとみとめるはずがない。

「伊左次さんは、心根のまっすぐな、いい人なんです。婆さまも、伊左次さんの人柄を知れば、きっとわかってくれるはずなのに」

「それで、おれに何をしろというのだ」

民部はおふさに聞いた。

「これから、伊左次さんに会って下さいませんか」

「なに……」

「会って、伊左次さんの話を聞いていただきたいのです。そして、若さまの目でたしかめた伊左次さんのことを、婆さまに話して下さいませ。婆さまは、若さまの申されることなら、耳をかたむけてくれると思います」

「おれに恋の仲立《なかだ》ちをせよというのか」

「お願い申し上げます、若さま。私には、ほかに頼る方がいないのです」

おふさは必死の声で、畳に額をすりつけた。

泣いているようである。ほそい肩が、小刻《こきざ》みにふるえていた。

「顔を上げよ、おふさ」

「若さま……」

「おふさはおれの妹も同じだ。会ってみようではないか」

四

民部は、おふさとともにお吉婆の家を抜け出した。

聞けば、縞紬職人の伊左次は、城下の北はずれの紺屋《こんや》町の長屋に住んでいるという。

「じつは、今日も、伊左次さんを婆さまに会わせようと、近くまで一緒に来てもらっていたのですが、代官所の役人の騒ぎで言い出すことができず、やむなく伊左次さんに帰ってもらったのです」

提灯《ちょうちん》をかかげて夜道を歩きながら、おふさが言った。

紺屋町の長屋をたずねてみると、なるほど出てきた男は、年のころ二十五、六の、見るからに篤実《とくじつ》そうな顔をした職人だった。

頬がこけ、鼻が低く、とくに男前というわけではないが、おふさを見つめる目つきにやさしさがにじんでいる。

(この男なら、おふさを幸せにしてくれそうだ……)

民部は、一目で男の人柄を見抜いた。

「信州上田で、縞紬を織っていたそうだな」

「はい。さきの上田城主だった真田昌幸《さなだまさゆき》さまが、織子に工夫《くふう》させ、縞紬を考案なさったのです」

「ほう、真田が……」

真田昌幸といえば、信州の小領主ながら鬼謀をもって知られ、去る関ヶ原合戦では、徳川秀忠《ひでただ》ひきいる東軍の別働隊を上田城に引きつけ、合戦に遅参させたことで天下に名高い。関ヶ原合戦後、昌幸は息子の幸村《ゆきむら》とともに紀州《きしゅう》の九度山《くどやま》に流され、いまは流人暮らしを送っている。

真田は軍略にひいでると同時に、民政にもすぐれ、織物をはじめとする産業を上田の城下におこした。

「私は、上田の縞紬に自信を持っているんです」

伊左次が膝の上で拳《こぶし》を握りしめた。

「上田の縞紬のわざを取り入れれば、結城の紬はもっと広く世にみとめられる。にもかかわらず、この土地の者たちは、頑迷固陋《がんめいころう》に昔からのやり方を捨てない。私たちが夫婦になれば、少しは土地の人たちの気持ちも解《と》けるんじゃないか、そんなことを思っているんです」

「そなたの言うとおり、いつの世でも、あたらしいものは、なかなかみとめられぬものだ」

民部は腕組みをしてうなずいた。

「しかし、おまえたちが夫婦になることと、あたらしい織物を世にみとめさせることはちがう。好きだったら、人の言うことなど気にかけず、おのれの気持ちを正々堂々とつらぬけばいい。ふたりの思いがまことなら、お吉婆もきっとわかってくれるはずだ」

「はい」

「紬のことも、そうだ」

民部は言葉をつづけ、

「おまえたちの織る結城の縞紬が本物であれば、やがて人はそれをみとめるだろう。あせらず、じっくりやればいい」

「お話を聞いているうちに、何だか勇気が湧いてきました。なあ、おふさ」

「ええ」

伊左次が、隣りにかしこまったおふさと、ちらりと目を見合わせた。

目と目を合わせるだけで、心が通じ合うのだろう。はたで見ている者が、ほほえましくなるような、ういういしい組み合わせである。

「とにかく、お吉婆には、おれから話をしてみる。あとは、おまえたちで、しっかりやれ」

「ありがとうございます」

ふたりが揃《そろ》って頭を下げた。

「ときに、伊左次。おまえたちが織っているという結城の縞紬、おれにも見せてくれぬか。どんなものか、この目でたしかめたい」

「それならば、ちょうど今日織り上がったばかりのものがございます」

伊左次が嬉《うれ》しそうに目を輝かせ、腰を上げた。

そのとき――。

ドン、ドン、ドンと、長屋の板戸を激しくたたく音がした。

「伊左次、おるか。出てこいッ！」

戸をたたく音とともに、大音声《だいおんじょう》が響きわたった。

「誰だ……」

民部は、伊左次の目を見た。

伊左次の顔が青ざめている。おふさは、その伊左次の腕にすがりつき、不安げに戸口のほうへ視線を投げている。

「たぶん、中里《なかざと》家の者でございましょう」

「中里とは、もしや、あの結城十人衆の中里右京進《うきようのしん》のことか」

「はい」

結城十人衆とは、もともと結城家歴代に仕えてきた、土地の有力武士である。それが、八年前に、結城家が越前北ノ庄へ国替えになったとき、長年住みついた先祖累代の土地を離れるのをよしとせず、そのまま結城に残って町人となった。

彼らは、名字帯刀《みようじたいとう》をゆるされ、町年寄《まちどしより》として結城の町政を牛耳《ぎゆうじ》ってきた。

なかでも、中里家の当主、中里右京進は、結城十人衆の筆頭として重きをなしている。

「中里家の者が、なにゆえいまごろ、そなたのもとをたずねてくるのだ」

「それは……」

と、伊左次が口をひらこうとしたとき、ふたたび激しく戸がたたかれた。

「出てこいッ、伊左次。出て来ぬと、ただでおかぬぞ」

声は、殺気を帯びている。いまにも、戸を打ち破ろうかという勢いだ。

「中里右京進は、結城と越前北ノ庄の連絡役をつとめていたゆえ、まんざら知らぬ仲でもない。おれが行って、話をつけてやろう」

「あ、若さま……」

伊左次とおふさがとめる間もなく、民部は杖を手に立ち上がり、くぐり戸の心張棒《しんばりぼう》をはずして外へ出た。

とたん――。

闇のなかで低く白刃《はくじん》がひらめいた。とっさに民部は横へ跳《と》んで、一撃を避けた。

つづいて斜《なな》めに斬り下ろしてきた刀を、杖の先を反転させ、

――カッ

と、跳《は》ね上げる。

「何のまねだッ！」

通りの真ん中に仁王《におう》立ちになった民部は、白木の杖を体の前で斜めに構えた。

暗がりのなかに、五、六人の影があった。いずれも、抜刀している。男たちは、刀の切っ先をこちらに向け、民部を取り囲んだ。

月が雲間に隠れたため、男たちの顔は見えない。

「おぬし、伊左次の仲間か」

男のひとりが、低く声をはなった。

「仲間ではない」

「ならば、いらぬ邪魔だてはするな。結城紬を汚《けが》す他国者《よそ》を、われらが成敗してくれる」

「おまえたち、中里家の者か」

「…………」

民部の問いに、男たちは黙り込んだ。

「たしか、中里家は、結城一の織物問屋として、結城紬の売り買いを一手に取り仕切っていたな」

「おまえたち、代官じきじきに陣屋で縞紬を織らせていることを、不愉快に思っているのであろう。代官所に紬の権益が移れば、おまえたちの利はうすくなる。それを阻止せんものと、縞紬の職人にいやがらせをしておるのか」

「………」

「ええい、黙れッ！」

闇を裂くように、男が斬りかかってきた。

瞬間、民部は身を低くした。刀を振りかぶった敵のみぞおちめがけ、杖の先をえぐるように突き出す。

——ぐえッ

と、うめき、男が倒木のように倒れた。

斬り込んでくる太刀先をかわし、跳ね上げ、民部の杖は、男たちの腹、喉笛を矢のように突いていく。

無比無敵《むひむてき》流杖術の流祖、佐々木哲斎《ささきてっさい》にまなんだ技である。

杖の先がひるがえるたびに、敵が地に這《は》った。

「まだ、やるかッ！」

三人を突き伏せたところで、民部は敵を睨《にら》みすえつつ叫んだ。

「…………」

残った者たちは、しばらく刀の切っ先を突き出して動かなかったが、やがて、かなわぬと見たか、手傷をおった仲間を助け起こし、通りの向こうへ逃げ去っていく。

五

中里家をはじめとする結城十人衆は、自分たちが長年つちかってきた結城紬の権益を、何としても守りたい。結城家移封後、突然、自分たちの先祖伝来の土地へ入ってきて、我がもの顔に力をふるいだした代官所の連中への反感もあろう。

（どちらが悪いというわけでもないのだ……）

おふさを連れ、お吉婆の家へもどった民部は、結城の者たちと代官所の対立の根にあるものを考えた。

一方、代官伊奈忠次にしてみれば、結城家時代の古い権威をこわし、あたらしい領地経営の仕組みを作り上げるのは、ごく当然の行為と言える。

（しかし……）

冷静に見て、どちらの言いぶんにも理がある。

両者の無益な対立のはざまで、おふさや伊左次のような者が巻きぞえを食うのは、哀れであった。

(何とかうまく、結城の者たちと代官所のあいだを丸くおさめる手立てはないものか……)


翌朝、民部は浦町の陣屋に代官伊奈備前守忠次をたずねた。

門番に取り次ぎを頼むと、奥から出てきたのは、昨日、お吉婆のところへ押しかけてきた侍である。

「きさま、代官所に何用あってまいった」

男は、民部をねめつけるように見すえた。

昨日の一触即発の危機は、おふさのとりなしでおさまったものの、蓬髪で着流しの民部のことを、うろんな浪人者と見ているのだろう。

「伊奈備前守どのと、じかに話がしたい。松平民部がたずねて来たと伝えてくれ」

「松平……」

男が、眉を吊り上げた。

「松平と申せば、将軍家のご一門だけにゆるされた名乗りではないか。痩《や》せ浪人のぶんざいで、おそれおおい名をみだりに使うとは、不届き千万。さてはきさま、かたり者じゃな」

「ここで、そなたと押し問答している暇はない。さっさと、伊奈どのに取り次ぐがよかろう」

「こやつ、言わせておけば……」

穏便に話をつけるどころか、またしても雲行きがあやしくなった。

と、そこへ馬蹄の音が響き、

「何をいたしておる」

表通りのほうから、陣屋の門前へ馬を乗りつけてきた者がいる。

紋入りの陣笠をかぶり、憲法色《けんぽう》の袖なし羽織を着た、年のころ六十近い、人品いやしからぬ風貌の武士であった。恰幅《かっぷく》がよく、物腰が堂々としている。

「これは、お代官さま。お役目ご苦労さまにございます」

たったいままで威張《いば》り散らしていた男が、人が変わったように、慇懃《いんぎん》に頭を下げた。

（この男が、切れ者と評判の高い、関東郡代《ぐんだい》、伊奈備前守忠次か……）

民部は、馬上の男を見上げた。

年に似合わず、精悍に陽灼けした忠次も、鷹のようにするどい目で民部を見下ろす。

「この者は？」

伊奈忠次が、代官所の役人に聞いた。

「は……。こやつ、松平民部などと名乗り、お代官さまに会わせよと不埒《ふらち》なことを申しております。即刻、取り押さえ、牢にぶち込もうといたしておったところでございます」

「松平民部とな」

「…………」

忠次の底光りする目が、ふたたび民部に向けられた。

と見るや、忠次は馬から飛び下り、地面に片膝をついて民部に頭を下げる。

「これは、民部さま。それがしが留守中のこととはいえ、陣屋の者が無礼をはたらきました。ひらに、ご容赦下されませ」

「お代官さま、この者は……」

おそるおそるうかがいを立てた男を、忠次は切るように一瞥し、

「愚か者めがッ！　このお方は、大御所家康さまの五男にして、亡き越前宰相秀康さ

まがご養子、松平民部さまじゃ」

おどろいて、とっさに声も出せない役人をその場に残し、伊奈忠次は民部を丁重に、陣屋の奥へ案内した。

通されたのは、書院の間である。二十畳ほどの畳敷きの部屋からは、滝の落ちる池と築山が見わたせた。

伊奈忠次は、民部を上座にすわらせようとしたが、民部はそれを断わり、縁側にあぐらをかいた。

「堅苦しいのは嫌いだ。ここのほうが、風が通って心地がよい」

やむなく、伊奈忠次も縁側に正座した。

「北ノ庄では、越前宰相さまのご不幸、心より痛み入りましてございます」

型通りの忠次の挨拶を、民部は黙って聞いた。

義父とはいうが、死んだ越前宰相秀康とは、七歳しか年が離れていない。しかも、生前から何かと反《そ》りが合わず、反目ばかりしていた。それゆえ、民部の心に哀しみは薄い。

「義父秀康が死んだ以上、おれは越前結城家、いや松平家とはかかわりのない人間だ。そのように、へりくだらずともよい」

「しかし、あなたさまは大御所さまのお血筋。何か、処遇でご不満なところがあれば、駿府《すんぷ》の大御所さまにお伝え申し上げましょう」

「あの父《おとこ》のことは言うな。おれは、捨てられた息子だ」

「…………」

「おれが今日ここへ来たのは、そのような話をするためではない」

民部が不快そうな顔を見せると、伊奈忠次はそれきり、同じ話をしなかった。評判どおり、分を心得た、頭の鋭敏な男なのだろう。

「今日はそなたに、結城紬のことで、折り入って頼みがあって来た」

「その件でございますか」

忠次の目つきが、にわかに怜悧《れいり》な代官のそれに変わった。

「そなたが信州上田から職人を呼び寄せ、この結城でも縞紬を織らせていることは、土地の者から聞いた」

「縞柄は、昨今、江戸のはやりにござりますれば、地味な平織りの無地より、はるかに市場をひろげることができましょう」

「それは、わかる」

民部はうなずき、

「しかし、そなたが急に昔のやり方を変えたことによって、結城の者たちとのあいだに波風が立っている。土地を治める者として、利口なやり方とは言えまい」

「いかに民部さまが、さきにこの地を領していた結城家のご養子とは申せ、すでに結城は関東郡代の治める天領。われらがやりように口出しをなさるは、いささか出過ぎたことと存じますが」

忠次が冷たく言った。

「たしかに、そなたの言うとおりだ。しかし、土地に根をはる結城十人衆は、代官所に恨みを抱き、殺気立っておる。何かが起きてからでは遅いぞ」

「その何かを、それがしが待っていると申し上げたら……」

「何だと」

民部は忠次の目を見た。

「ことが起きるのを待っているとは、どういうことだ」

「おそれながら、この忠次、大御所さまより天領百万石の経営をまかされております」

忠次が庭の築山に咲くツツジに視線を投げた。

「ことに関東においては、郡代として、治水、民政に手を染め、村ひとつひとつの年貢高から住人の数、土地の気質まで、知らぬことはございませぬ。どうすれば、土地が治まるか、あなたさまより、はるかに熟知しておるつもりでございます」

「…………」

「この結城の地は、民部さまもご存じのとおり、北関東でもっとも誇りが高く、地つきの者の力が強き土地。そのような土地柄ゆえ、あとから入ってきたよそ者に対しては、おとなしく従いますまい。このような者たちを治めるには、思い切って荒療治をし、膿《うみ》を出すにかぎるのでございます」

「膿を出すとは、わざと一揆を起こさせるということか」

「ありていに申せば、そうなります」

伊奈忠次が低い声で言った。

（そういうことだったのか……）

民部は、目がさめる思いだった。

土地の旧勢力に一揆を起こさせることで、彼らを駆逐する口実を作り、一挙に屠《ほふ》り去ってしまう――じつに、老練なやり方である。

あるいは、代官伊奈忠次の政治手法は、大御所徳川家康から学んだものかもしれない。

（為政者としては、ひとつのやり方にはちがいない。しかし、何も知らずに、みすみす罠《わな》に嵌《は》められる者たちはどうなる……）

民部の心は、重くなった。

六

「若さま、ええことになりましたで」

鬼怒川の川べりで釣りをしていた民部のもとへ、お吉婆が息せき切らせて駆けつけてきたのは、それから五日後の午《ひる》すぎのことだった。

「どうした、婆」

民部は竿《さお》を上げた。

「のんびり釣りをしている時ではねえ。すぐにお出《い》で下せえませ」

「いったい、何があったのだ」

「結城十人衆が、これからみなで代官所に乗り込もうと、中里家に集まっているのでござります」

「一揆か」

「みな、お代官さまのやり口には、怒っておったで。ついに堪忍しきれなくなったのでございましょう」

（まずいことになった……）

民部は舌打ちをした。

結城十人衆がことを起こせば、伊奈忠次の罠に嵌まるだけである。結城に育った者として、黙って指をくわえて見ているわけにはいかない。

「婆、どこかに馬はおらぬか」

民部は釣竿を放り出し、草むらに置いてあった杖の革袋を背中にくくりつけた。

「厩《うまや》に、駄馬が一頭おりまするが」

「それでよい」

民部はお吉婆の家に取って返すと、厩から馬を引き出し、背中に飛び乗った。馬の尻を平手でたたいて、街道をひた走る。

中里家は、結城の大町に織物問屋の店をかまえている。

屋号を、

――あつものや

と、いった。

間口は五間《けん》。虫籠窓《むしこまど》に糸屋格子《いとやごうし》が表通りにつらなり、軒《のき》にかかげられた金看板が陽差しに照り輝いている。

紺暖簾《こんのれん》をくぐって、民部は店へ飛び込んだ。

店の者はいない。客の姿も、どこにも見えなかった。

（もしや、すでに代官所へ向かってしまったか……）

あせる気持ちを押さえつつ、民部は店の通り庭を奥へ進んだ。

結城一の織物問屋をいとなんでいるだけあって、屋敷は奥が深い。かまどの並ぶ台所の土間を抜け、庭へ出たところで、

——あッ
と、民部は息を飲んだ。

広々とした屋敷の庭に、男たちが勢揃いしていた。その数、百人は下るまい。

いずれも、手に槍や刀や鉄砲など、思い思いの武器を手にしている。

庭の中央には、ものものしい甲冑《かっちゅう》に身をかためた中里右京進をはじめとする結城十人衆が集まり、顔を厳しくこわばらせていた。

（間に合ったか）

民部は男たちをかきわけ、結城十人衆の前に進み出た。

「みな、やめよッ！　一揆など起こしてはならぬ」

民部は叫んだ。

「これは……。誰かと思えば、民部さまではないか」

十人衆の頭である中里右京進が、目深《まぶか》にかぶった頭形兜《ずなりかぶと》の下で目をほそめた。民部がまだ結城の城にいたころから、彼らとは顔見知りである。

「早まったことをしてはならぬ、右京進。おぬしたちの気持ちはよくわかるが、一揆を起こしてどうなる。たとえ、代官の首を取ったところで、おぬしたちもただではすまぬのだぞ」

「あなたさまは、しょせん、徳川の血を引くよそ者だ。われらが思いは、おわかりにならぬ」

「いや、わかる。おれはこの結城の地を、結城紬を、二なきものと思っている」

「結城家の血筋でもない者が、何をぬかすかッ！」

まわりに集まった男たちのあいだから、怒号が上がった。

「たしかに、おれは結城一門の血を引いてはいない」

民部は一揆衆を睨み返した。

「だが、おれは結城の野を駆け、紫にかすむ筑波の峰を日々、眺めて育った。おぬしい。われらは何も、代官に紬の権益が奪われたことを憤《いきどお》って刀をとったわけではない」

中里右京進が言った。

「無益な血ではござらぬ」

たちが無益な血を流すのを、見過ごすわけにはいかぬ」

「と言うと……」

「代官は、鎌倉の世よりつづく、われら結城の衆の誇りを踏みにじった。いまは、町人になっているが、われらとて、もとは誇り高き結城の武者。われらが立ち上がるのは、その武者の魂を忘れぬため。私利私欲のためでは、ござらぬわ」

右京進が言い放つと、まわりの者たちは口々に、そうじゃ、そのとおりじゃと、賛同の声を発した。

(誇りか……)

民部は、代官の伊奈忠次が、結城衆の誇りを知ったうえで、罠を仕掛けたことを知っている。人の心を利用し、詐術《さじゅつ》にかけるような幕府のやり方に、民部は反撥をおぼえずにいられなかった。

「よいか、聞け」

民部は顔を上げた。

「おまえたちが、ことを起こせば、相手の思うつぼだ。たとえ代官を殺しても、幕府はまた、あらたな代官を送り込み、支配を強めてくるだろう。そうなれば、残された結城の衆は、誇りを取りもどすどころか、子々孫々まで、苦しむことになる。おまえたちには、それがわからぬのかッ！」

「徳川の血を引くお方の言うことなど、聞く耳は持ちませぬわ」

右京進の言葉に、男たちが動いた。

刀をかざし、槍の穂先を突き出し、民部を隙間なく取りかこむ。

民部は背中の革袋から杖を抜き、胸の前で構えた。

（百人を相手に、切り抜けられるか……）

いかに杖術の達人の民部といえども、生きて屋敷の外へ出る自信はなかった。

――死ぬのだ……。

と思うと、恋しい女人のおもかげが、ふと脳裡に浮かんだ。

（鶴子どの……）

次の瞬間、民部は手に持った杖を地面に投げ出していた。

この先、生きつづけていても、心はつねに寂しくさすらうだけである。ならばいっそ、恋しい人との思い出が眠る結城の地で死にたい、と思ったのだ。

「陣屋に押しかけるなら、おれを斬ってから行け。おれの着ている結城紬を、血で染めていけッ！」

血を吐くような民部の叫びに、男たちがわずかにたじろぐ気配がした。

＊　　＊

鬼怒川の土手に、風が吹いている。

民部は爽涼《そうりょう》とした風のなかを歩いていた。

後ろから、若い男女がついてくる。おふさと伊左次であった。

「見送りは、もうここでよい」

民部はふたりを振り返った。

「早くもどらぬと、お吉婆が寂しがるだろう。伊左次はじきに、おふさの婿だ。婿入りすれば、婆は口うるさいぞ」

「婆さまにゆるしてもらえたのは、民部さまのお口添えのおかげです。それがなければ、私たちは一生、添うことはできなかったでしょう」

伊左次が頭を下げた。

「いや、他人の力など、たかが知れている。おまえたちの思いが、婆さまに通じたのだ」

「通じたと申せば、結城十人衆の一揆を思いとどまらせたのは、ご自身の命を投げ出そうとした民部さまの真心ゆえだとか」

「おれの馬鹿さかげんを見て、やつらも毒気を抜かれたのだろうよ」

「あれから、結城十人衆も態度をやわらげ、代官とのあいだで話し合いがたびたび持たれておるようです」

「とりあえず、危機は去ったわけだな」

いまだ、一抹の不安がないわけではないが、これ以上、民部にできることはない。

「あの、若さま。これをお持ち下さいませ」

おふさが風呂敷《ふろしき》包みを差し出した。

「これは？」

「伊左次さんと私がふたりで織り上げた、あたらしい紬でございます。よろしかったら、お召し下さいませ」

民部は、娘の手から包みを受け取り、結び目をほどいてみた。

それは、古来からある平織り無地の結城紬ではなく、縞紬でもなかった。

「飛絣《とびがすり》の紬でございます。亀甲《きっこう》や十字絣《じゅうじがすり》をつかって、絵柄を飛び飛びに織り出しております」

「おもしろい工夫だ。しかも、美しい」

「着ていただけますか」

おふさが、民部の目をのぞき込んだ。

「むろんだ。この飛絣の紬には、人の気持ちが籠《こ》もっている」

「若さまは、これからどちらへまいられます」

「さあ……。流れる雲のゆくえは、風に聞いてみぬとな」

ふと鶴子のことを想った。

（おれも逃げず、運命《さだめ》と闘ってみようか……）

民部の足は、その人がいる北の地へ向かっていた。

民部はそれきり振り返らず、蓬髪を風になびかせながら土手の道を歩きだした。

愛宕《あたご》聖《ひじり》

一

蟬の声が、温気《うんき》をはらんだ夏の風にまじって吹き下ろしてくる。

明応元年(一四九二)、七月——。

洛西清滝《らくせいきよたき》から愛宕山《あたご》へのぼる二十丁の道を、氷上右京《ひがみうきよう》は急いでいた。

(それにしても、暑い……)

右京の若々しく張りつめた首すじから、玉のような汗が噴き出している。衿元が汗でびっしょりと濡れていた。

(ふもとの清滝で水浴びでもしてくるのであった)

右京は後悔した。

盆地の底にある京の夏は暑い。とはいっても、愛宕山まで来れば少しはしのぎやすかろうと思ったが、西の空に雲が湧いたせいで、かえって温気が強くなり、歩いているだけで息苦しく汗がとめどなく噴き上げてくる。

（頂上まで、あとどれくらいかな……）

中ノ茶屋《なかちゃや》を過ぎ、水尾《みずお》の里《さと》への分かれ道もとっくに過ぎた。愛宕参りの者は、たいがいふもとの里宮でお参りをすませて帰っていくから、頂上の愛宕大権現へつづく山道には人影もまばらである。

清滝の清流で汲んでおいた竹筒の水を飲みながら急坂をのぼっていくと、途中で道の向こうから下ってくる男と行き合った。

熊のような大男である。たくましい体に毛皮の胴着を身につけ、背中に背負子《しょいこ》をしょっている。山上の寺へ、食物や日用品を運ぶ強力《ごうりき》であろう。

「おい」

と、右京は強力に声をかけ、山上までの道程をたずねた。

強力は草のはえた赤土の斜面で足を止め、

「あともう一息ですじゃ。かれこれ八丁ものぼれば、権現さまのお社が見えてまいりますでな」

「さようか」

「お武家さま、お参りですかな」

「いや。じつは、あるじをたずねて来たのだが……」

と、右京は額の汗を布で拭きながら言った。

右京のあるじは、名を細川政元《ほそかわまさもと》という。室町幕府の三管領家《さんかんれい》（細川、斯波《しば》、畠山《はたけやま》の三家で、将軍を補佐して幕府の政務をつかさどる家柄）のひとつ、細川家の当主である。応仁《おうにん》の大乱で東軍の大将をつとめた父勝元《かつもと》の死により、わずか八歳で家を継ぎ、二十七歳になるいままで、二度管領職をつとめている。

「ほほう、お武家さまは、あの外術《げじゅつ》の殿さまのご家中でございますか」

右京が細川家の家臣であると知って、強力はいわく言いがたい奇妙な表情をした。

「外術の殿さまとは、どういうことだ」

右京が聞き返すと、

「なんじゃ、お武家さまは細川家に仕えてまだ日が浅いのでございますか」

「浅いも何も、丹波《たんば》国の土豪で、細川家の被官だった父が病《やまい》で亡くなり、つい先ごろ家督を継いだばかりなのだ。家を継いだ挨拶のために京にのぼって来たのだが、あるじの政元さまはちょうど戦勝祈願のため、愛宕山に参籠《さんろう》なされている最中だという。仕方がないから、こうして愛宕山へのぼって来たのだ」

「ははあ、それでは何もご存じないのも無理はない」

強力は得心したようにうなずいた。

「お武家さま、細川の殿さまにお会いなさるなら、用心なされたほうがいい」

「用心……」

「細川の殿さまは、少々変わっておられるでな」

「変わっているとはどういうふうに？」

「まあ、会ってみれば、お分かりになりましょう」

と、強力はあいまいに口を濁し、意味ありげに笑った。

強力の思わせぶりな言葉が気にはなったが、とにかく右京は主君に会わねばならない。強力に礼を言い、山道をのぼろうとすると、その背中に、

「細川の殿さまをおたずねになるなら、愛宕大権現の社に行っても無駄じゃ。あの方は、山に籠《こ》もられるときは、いつも竜《りゅう》ケ岳《たけ》の行場におられますでな」

と、強力が声をかけてきた。

「竜ケ岳とは、どこだ」

「愛宕山より北半里にある岩山でござりますよ。愛宕大現権の後ろから、尾根をたどって行けば一本道ゆえ、迷うことはありませせぬ」

「重ねがさね、相すまぬ」

た。

「それより、途中で熊や狼に襲われぬよう、お気をつけなされませよ」

強力と別れて四半刻《しはんとき》ほど歩き、ようやく愛宕山のいただきにある愛宕大権現に着いた。

愛宕大権現は、火伏《ひぶせ》の神である。本地は勝軍《しょうぐん》地蔵で、火伏のほか、軍神として広く武家の信仰を集めた。

また、愛宕山は山伏の修験霊場としても知られている。愛宕大権現の別当《べっとう》寺、白雲寺五坊は、修験七高山のひとつに数えられ、

——愛宕太郎坊《たろうぼう》

といえば、山伏が信仰する日本一の大天狗として世におおいに恐れられた。

平安時代末、悪左府《あくさふ》藤原頼長《ふじわらのよりなが》が、愛宕山の天狗像の目に釘《くぎ》を打ち、近衛《このえ》天皇を呪詛したと噂を立てられるという事件があった。愛宕山の天狗の魔力は、古くから京の人々に脅威を与えつづけていたのである。

右京は、杉木立につつまれた愛宕大権現の横を通り、社殿の背後からつづく細い尾根道へ足を踏み入れた。

道の両側はうっそうとした杉の巨木である。

樹齢数百年、いや千年は越えるであろう老木の枝が空を塞《ふさ》ぎ、道はにわかに薄暗

い。歩いていると、さっきまでの暑さが嘘のように、木立のなかの道は冷涼とした風が流れ、汗で濡れた背すじが寒いほどだった。

（強力め、熊や狼に気をつけよと言っていたが、まさか出はすまいな……）

右京は知らず知らずのうちに、腰の刀の鞘《さや》を左手で握りしめ、あたりの気配に気をくばりながら歩いていた。倒木を踏み越え、道なき道を山の奥へと進む。

半刻ほど行くと、木立がまばらになり、周囲は岩山に変わった。道は、岩と岩のあいだを縫《ぬ》うようにつづいている。

強力が竜ケ岳の行場と言っていたのは、このあたりのことであろう。

（細川のお屋形《やかた》さまは、どこにおられるのか……）

右京は大岩のあいだを歩きながら、主君の姿を探した。すでに、陽は西に傾き、山は暮色につつまれはじめている。

こんなところで夜になったら、本当に狼と出くわすか、さもなければ岩場から足をすべらせて谷底へ真っ逆さまだろう。右京はしだいに心細くなってきた。

（夜にならぬうちに、愛宕大現権まで引き返そうか……）

と思ったとき、頭上の岩の上からザッと飛び下りてくる者があった。

二

「わッ」

と、声を上げ、右京は思わずその場に尻餅をついた。腰の刀を抜こうとするが、手が震えて抜くことができない。

（南無《なむ》愛宕大権現……）

口のなかで唱《とな》えながら、おそるおそる岩場に下り立った者の姿を見た。

ムササビや猿ではなかった。人である。それも、柿色の鈴掛《すずかけ》を着て頭に兜布《ときん》をつけた、身の丈《たけ》六尺を越える行者姿の男であった。

薄闇の向こうから、行者姿の男が青白く底光りする目で、右京をじっと見下ろした。

（山伏であったか）

右京はほっと胸を撫で下ろした。

山伏が岩をよじのぼったり、飛び下りたりして修行をおこなうことは、右京も知っている。山伏は、厳しい山岳修行により、人間離れした能力を身につけるという。

（しかし……）

右京が振り仰ぐと、男がたったいま飛び下りてきた岩は、高さ五丈はあるように見える。いかに山伏が超人的な能力を身につけているとはいえ、これだけの高さを無傷で飛び下りてくるとは驚きだった。

男はしばらく右京を見つめていたが、やがてくるりと背を向け、歩きだした。

右京はあわてて立ち上がり、

「もうし、御坊。おたずねするが、このあたりに、細川家のご当主政元さまが籠もっておられると聞いてきたのだが、政元さまがどこにおわすかご存じないか」

「そう言うおぬしは？」

と、男が肩越しに振り返った。

「丹波国大山庄一印谷《おおやましょういちいんだに》の地侍にて、氷上右京と申す」

「一印谷の氷上……」

「わが家のことをご存じか」

「おぬし、一月前に死んだ氷上加兵衛忠良《かへえただよし》が息子じゃな。賢《さか》しらぶった顔がよう似ておる」

男はまたたきひとつせずに言った。

（なぜ、父上のことを知っておる……）

右京は一瞬、考え、はっとした。

「もしや、あなたさまが政元さまでござりますか」

「いかにも」

男の表情は動かない。

「知らぬこととは申せ、ご無礼つかまつりましたッ」

右京は地べたに這《は》いつくばり、ふかぶかと頭を下げた。

背すじに冷や汗をかいている。まさか、あるじの政元が、山伏の格好をして岩から飛び下りてくるとは、思いもよらなかったのである。

「おぬしのおやじは、頭は堅いが、なかなかよくできた武者であった。おやじ同様、奉公に励《はげ》むがよい」

「ははッ」

行者姿の政元は、鈴掛のたもとをザッと払い、

「ついて参れ」

と、右京に命じた。

政元は大岩のあいだを、先に立ってすいすいと歩いていく。歩くというより、駆け

るといったほうが正しいだろう。

右京は政元の速さについて行けず、夕闇のかなたに主君の姿を見失いそうになる。何度か岩に蹴つまずきながら、必死に岩場をのぼり下りし、どうにか追いつくことができた。

やがて、政元が足を止めたのは、谷底にある一筋の滝の前だった。

樹々の深く生い茂る崖の上から、轟々《ごうごう》と音を立てて、太い滝がなだれ落ちている。霧のように細かい水しぶきが飛び散り、そばに立っているだけで、顔も体もたちまちずぶ濡れになった。

「そこで待っておれ」

と言うと、政元は身につけた山伏装束を脱ぎ捨てはじめた。鈴掛を脱ぎ、その下の白い浄衣を脱ぎ、褌《ふんどし》ひとつの素っ裸になる。

普段から、よほど鍛え上げているのか、贅肉《ぜいにく》ひとつない引きしまった体であった。

(滝行でもなさるのか……)

右京が見守っていると、政元は流れ落ちる滝のほうへは行かず、いきなり、目の前の滝壺へ頭からザブと飛び込んだ。

政元の体が、闇に沈む滝壺の底へ、吸い込まれるように消えてゆく。

右京は水辺に立ち、あるじが上がって来るのを待った。滝壺での素潜《すもぐ》りも、政元の鍛練《たんれん》のひとつなのだろう。

（それにしても、細川家の御当主でありながら、山伏のまねごとをなさるとは）

なるほど、変わった主人だと、右京は思った。

右京は故郷の丹波一印谷で育ったため、主家のことはほとんど知らない。たまに国へ帰ってくる父の加兵衛も、なぜか、主君の政元のことは滅多に口にしなかった。いまにして思えば、父は変わり者の主人を恥じ、内心、苦々しく思っていたにちがいない。

そんなことを考えながら、右京はなおもしばらく待った。だが、政元は滝壺に飛び込んだまま、いっこうに水面に浮かび上がってくる気配をみせない。

（いくら何でも遅すぎる……）

さすがに右京は心配になってきた。

「お屋形さまッ、お屋形さまーッ！」

右京は滝のしぶきに濡れるのもかまわず、滝壺のふちを大声で呼ばわりながら歩きまわった。

相変わらず、政元は出て来ない。

滝壺の水はどこまでも暗い深淵《しんえん》を見せているだけである。

(えらいことになった)

事ここに至り、右京は蒼ざめるしかなかった。目の前で主君が溺《おぼ》れるのを黙って見過ごしたとあれば、右京の身もただではすむまい。良くて切腹、悪くすれば打ち首ものである。

(ご挨拶に参上する早々、こんな目に遭うとは……)

右京は泣きたくなった。

とにかく、おのれも滝壺に飛び込んで主君を探そうと、足につけた草鞋《わらじ》を脱ぎ、腰の大小を岩の上に置き、小袖の衿をがばと開いて双肌《もろはだ》脱ぎになった。

と、そのときである——。

滝壺の底から白い泡がぶくぶくと湧き上がった。泡とともに、暗い水底から人の姿が浮かび上がり、水面にザッと頭を出す。

「お、お屋形さま……」

何事もなかったかのように岸に泳ぎ着いた政元の顔を見たとたん、右京はへなへなとその場に尻餅をつきそうになった。

「ご無事でござりましたか、お屋形さま」

「痴《し》れ者め、このわしが溺れたとでも思うたか」

政元は悠然と水から上がり、たくましい体からしたたる水滴を拭《ぬぐ》おうともせず、そのまま浄衣と鈴掛を身につける。

「水底で瞑想《めいそう》にふけっておったが、そなたの呼ばわる声がうるさいので、今日は常より心を澄ませることができなんだわ」

「では、いつもはもっと長く水の底に……」

「つまらぬことを聞くな」

不機嫌そうに言うと、政元はひょいと岩場を飛び移り、ふたたび山道を歩きだした。右京もあわてて身じまいを直し、あるじのあとを追いかける。

故郷の丹波から出てきたばかりの右京にとって、政元のやることなすこと、すべてが奇異に映り、度胆《どぎも》を抜かれた。

歩いていると、政元は時おり、かなたの峰に向かって奇妙な雄叫《おたけ》びを上げる。すると、その叫びに応えるように、闇の向こうから鳥の声とも、獣の声ともつかない低い鳴き声がこだまし、夜のとばりにつつまれた山内の空気を震わせた。

(まるで、物《もの》の怪《け》のようなお方じゃ……)

わが主君ながら、右京は政元のことがそら恐ろしくなってきた。暗闇のなかを自由自在に歩きまわる政元の後ろ姿は、人というより、愛宕山に棲《す》みついた山霊そのもののように見える。

（えらいお方にお仕えしてしまったものだ）

とは思ったが、とにかくいまは、物の怪であれ何であれ、政元のあとにひたすらついて行くしかない。あたりは真っ暗だったが、政元のまわりだけは、なぜか燐光《りんこう》のように青白く浮かび上がって見え、右京はその姿だけを頼りに足元のおぼつかない夜の山道をたどっているのだった。

滝壺のところから、どれほど行ったであろうか。

右京はふと、周囲から立ちのぼる異様な殺気に気づいた。はっとしてまわりを見渡すと、墨《すみ》を流したような闇のなかに、血に飢《う》えて爛々《らんらん》と光る獣の目がある。

（一四、二四……）

右京がざっと数えたところ、七、八匹はいるように見えた。

「お屋形さま、お、狼でございます」

右京は恐怖で心の臓が凍《こお》りつきそうになりながら、かすれた声であるじの政元を呼び止めた。

「とうに気づいておる」

政元に動揺の気配はない。

「どういたしましょうか。狼は、火で追い払えば逃げて行くと聞いたことがございますが……」

「うろたえるなッ」

と、政元が一喝《いっかつ》した。右京のほうに、揺るぎのない巌《いわお》のごとき背中を向けたまま、

「おおかた、いつもとは違う人臭い匂いがしたので、寄り集まってきたのであろう」

「その匂いとは、それがしの……」

「喋《しゃべ》るでない。それ以上、一言でも口をきけば、そのほうの命はないぞ」

言われて、右京はあらためて足元が竦《すく》み上がるのを感じた。内心の恐怖を押し殺すため、無理をして必死に主君に話しかけていたのだが、喋ったら命はないと脅され、もはやどうにも歯止めがきかなくなった。

しっかりせよとおのれに言い聞かせても、しぜんに膝頭《ひざがしら》がぶるぶる震える。胸が早鐘《はやがね》のように脈打ち、頭にカッと血がのぼった。

政元は——と見ると、何を思ったか、道の真ん中に立ち尽くし、口のなかで呪文を唱えはじめた。

(早く逃げなければ……。お屋形さまは何をしておられるのだ)

右京は気ばかりあせったが、足が竦み、しかも喋ることを禁じられているので、どうすることもできない。

グルルルと、狼が闇のなかで不気味なうなり声を響かせた。

(もうだめだ)

右京が悲痛な叫びを上げそうになったとき、胸の前で手印《しゆいん》を結んだ政元が、

——臨《りん》、兵《ぴよう》、闘《とう》、者《しや》、皆《かい》、陣《じん》、烈《れつ》、在《ざい》、前《ぜん》
と、九字《くじ》を切った。

とたん、不思議なことに、狼たちのうなり声がぴたりと止んだ。あたりに立ち込めていた異様な殺気が、潮が引くように薄らぎ、狼は一匹、また一匹と森のかなたへ消え去ってゆく。

(助かった……)

右京は、あるじのあとについて道を歩きだしたあとも、いつまでも体の震えが止まらなかった。

狼も恐かったが、その狼の群れを摩訶不思議《まかふしぎ》な外術で退散させた主君のことが、もっと恐ろしかった。

その夜——。

右京は竜ヶ岳の行者小屋で、政元と衆道《しゆどう》の契《ちぎ》りを結んだ。

三

翌日、右京が細川家の京屋敷にもどって来ると、

「それはえらい目に遭ったものよのう」

老臣の香西元長《こうざいもとなが》が、縁側で木彫りの小さな大黒天《だいこくてん》を刻みながら同情するように言った。

「殿の悪い癖じゃ。若くて見目のよい家臣を見ると、とりあえずお手をつけねば気がすまぬのよ」

「お屋形さまは、女人よりも男のほうがお好きなのでございますか」

右京の耳たぶは、紅《あか》く染《そ》まっている。

「男が好きと申すより、殿は女を断っておられるのじゃ」

と、香西元長は鑿《のみ》でざくりと大黒天の腹を削《けず》り出した。

「女断ちを?」

「さよう。愛宕の外術に取り憑《つ》かれてよりこのかた、願かけのために女断ちをされて

おる」

老臣香西元長の話によれば、政元が愛宕の外術に凝《こ》るようになったのは、そもそも父細川勝元の影響であるという。勝元は、応仁の乱で山名宗全《やまなそうぜん》の西軍と戦った東軍の大将である。

勝元は早くから、軍神である愛宕大権現に帰依《きえ》し、傷《いた》んだ社殿の修築などをおこなった。しかし、勝元の場合、信仰といっても、それはあくまで庶民が観音や地蔵を拝《おが》むのと同じようなもので、息子の政元のように山伏のまねごとまでしたわけではなかった。

若くして名門細川家を継いだ政元は、熱心な愛宕大権現の帰依者となった。京を抜け出しては、愛宕山に籠もり、愛宕聖と呼ばれる山伏たちにまじって行に打ち込みはじめたのである。

むろん、香西元長をはじめとする家臣たちは、主君を諫《いさ》めた。管領家たる細川家の当主が、奇怪な愛宕の外術に取り憑かれてしまっては、世はますます乱れるばかりである。

「だがな、われらがいかにお諫めしても、殿はお聞き入れにならなかった。ばかりでなく、殿が戦場で采配《さいはい》を振るわれると、決まって神変不可思議なことが起き、味方を勝ちいくさに導くのじゃ」

「神変不可思議とは、どのような」

右京は聞いた。

「あれは、近江鈎《まがり》の陣でのことであった。わが軍は、六角《ろっかく》氏の伏兵による奇襲を受け、あわや総崩れという危機におちいった。そのとき、全軍の先頭に立った殿が、馬上で呪文を唱え、九字を切ると、一天にわかにかき曇《くも》り、雷鳴がとどろいて、敵の本陣が燃え上がったのじゃ」

「敵陣に雷が落ちたのでございますか」

「そうじゃ。敵の大将六角高頼《たかより》は、雷のせいで深手を負い、手勢をまとめて引き揚げて行きおったわ」

元長の話では、似たようなことは、政元の身辺で日常茶飯事のように起きているのだという。

げんに、政元の奇怪な術を目の当たりにした右京には、

(あの方ならば……)

と、話を容易に信ずることができた。

「この家にご奉公するにあたって、ひとつ忠告しておくがな」

香西元長は鬟を忙《せわ》しく動かしながら、

「殿と一夜の契りを結んだからと申して、おごりたかぶってはならぬ」

「は……」

「この屋形の青侍の何人かは、すでに殿のご寵愛《ちょうあい》を受けておる。また、ご寵愛をいいことに殿に必要以上に近づき過ぎたる者は、そのことごとくが、無残《むざん》な死を遂《と》げておるでな」

「無残な死とは……」

「殿のご勘気に触れ、外術によって殺されたのじゃ」

元長は、ちらりと横目でこちらを見やり、思わず右京の心の臓が縮み上がるようなことを言った。

「まさか」

「ほんとうのことだ。よいか、くれぐれもそのこと忘れるでないぞ」

「は、はい」

右京が平伏すると、

「ちょうど大黒天が彫り上がった。そちの身の運が開けるよう、くれてやろう」

と、元長は粗《あら》彫りのいびつな顔をした大黒天の像を、右京の手に握らせた。

右京はそのまま、細川家の京屋敷に住み込むことになった。丹波の所領のことも気になったが、幸い、故郷には後見人の叔父がいる。とりあえず、しばらくは京にとどまり、主家との結びつきを深めておこうと、若い右京はなりに知恵を働かせたのである。

だが、主君の政元はあいかわらず愛宕山に籠もったままで、一向に京へはもどって来ない。

聞くところによれば、政元は、管領畠山政長《まさなが》と手を結んだ当代の足利《あしかが》将軍義材《よしき》（義稙《よしたね》）と折り合いが悪く、京にいるときでも室町の御所へ出仕することはまれであるという。

（お屋形さまが政務を放り出し、愛宕山に籠もっておられるのは、そのためか……）

丹波にいて世事には疎《うと》かった右京だが、都で暮らすうちに、しだいに中央の政治や武将たちの力関係が身に染みて分かってきた。

主君政元が、ようやく愛宕山から下りて京屋敷に帰還したのは、夏が終わり、秋も深まった十月なかばのことである。

気まぐれで気難しい主人を迎えた細川邸は、上を下への大騒ぎとなった。

大広間に家臣たちを呼び集めた政元は、愛宕山にいたときと同じ甲走った声で、

「香西ッ！」

「薬師寺《やくしじ》ッ！」

と、老臣の香西元長や薬師寺元和《もとかず》をびしびし叱《しか》りつけている。

新参者ゆえ、居並ぶ家臣たちの末席にすわった右京が、遠くからつらつら話を聞くに、政元の不機嫌の原因は、自分の留守中、老臣たちが管領畠山政長の専横に対して何ら手を打たなかったことにあるらしい。

（それほどお怒りなら、最初からご自分が愛宕山へなど入らなければよさそうなものを……）

右京は思ったが、何しろ相手は愛宕の外術に手を染めているお屋形さまである。老臣たちも、よほど主君のことを恐れているのか、何を言われても一切言い返すことをせず、政元の罵倒《ばとう》をひたすら平身低頭して承《うけたまわ》っているのが奇異な眺めに思われた。

その夜、右京は思いもかけず、政元の寝所に呼ばれた。

（来たか……）

という恐怖の思いと、

（お屋形さまは、それがしのことを覚えておられたのか）

という、妙に晴れがましいような思いが、右京の胸のなかで複雑に交錯《こうさく》した。

愛宕山の行者小屋での一夜は、右京の心と体に忘れ難い爪痕《きずあと》を残している。

政元との行為は、女との交わりとはまったく異なっていた。肉体的な喜びはなかった。むしろ、体は痛めつけられ苦痛に近かったが、政元の黒い精神が、ほんの一瞬ではあるが、自分のなかに凄まじい奔流《ほんりゅう》となって流れ込んできたような気がしたのだ。

(また、今宵《こよい》も……)

右京は不安におののきつつ、主君の寝所の廊下にひざまずいた。

四

「お呼びにより、参上つかまつりました」

「右京か」

部屋の奥から声が返ってくる。

はッと右京が答えると、

「構わぬ、入れ」

と、政元が言った。

右京はするすると襖《ふすま》を開け、命じられた通り、部屋に入った。

政元は、しとねの上にあぐらをかき、薄く目を閉じていた。さながら、瞑想している様な姿である。

部屋には香が焚《た》かれ、灯明《とうみよう》の明かりが政元の横顔をぼんやりと照らしていた。

政元は、愛宕山のときのような山伏姿ではない。夜だというのに直垂《ひたたれ》を身にまとい、頭には侍《さむらい》烏帽子《えぼし》をつけていた。

「近う寄れ」

「ははッ」

右京は膝で床を擦りつつ、政元に近づいた。

「もっと近う」

「はッ」

右京はしとねのすぐ横で平伏した。

「顔を上げよ」

命じられて、右京がおそるおそる顔を上げると、政元はカッと両目を見開き、こちらを見つめている。

人の心の奥底まで見通すような、青光りした眼光であった。

「そなたに大事な話がある」

「何でございましょうか」

「その前に……。そなた、ふところに邪《あ》しきものを持っておるな」

「邪しきもの」

　右京には心当たりがなかった。

　だが、政元のするどい眼光に射すくめられ、やむなくふところを探るうちに、右京の指先に触れた固いものがあった。

（これは……）

　老臣の香西元長からもらった、木彫りの大黒天であった。丈《たけ》が小さく邪魔にもならないので、肌守り代わりに、錦《にしき》の袋に入れて持っていたのである。

　右京が袋から出した大黒天を一瞥《いちべつ》するや、

「香西めが彫ったものじゃな」

　政元は苦い顔で吐き捨てた。

「あやつめ、わしが愛宕の秘術を用いることをとやかく言うが、おのれは大黒天に福徳を祈り、蓄財に精を出しておる」

「香西さまが蓄財に……」

「あやつの心は汚れきっておる。すぐにでも斬《き》り捨てにしたいところだが、わしには大望がある。あやつも使いようによっては、役に立つこともあろう」

うっすら笑うと、政元は枕元に置いてあった脇差をつかんで横ざまに薙《な》ぎ払い、右京の手にした大黒天の首を一刀のもとに斬り落とした。

右京が驚きの声を上げる暇もない、手練の早業である。

「よいか、右京。頑迷固陋《がんめいころう》な老臣どもの妄言《もうげん》に耳をかたむけてはならぬ」

「は……」

「わしは、愛宕の秘術を用い、老臣どもがあっと目を剝《む》くような、おおいなる現世の力を手に入れてみせる。そのためには、そなたのような、若い者の助けがぜひとも必要なのじゃ。わしに力を貸してくれようの、右京」

主君の青光りする目でじっと睨まれては、たとえ地獄に行けと命じられたとしても、はいと素直にうなずくしかなかった。

――殿の外術で、無残な死を遂げた青侍が何人もおる……。

香西元長から聞かされた話が、右京の脳裏をちらりとかすめて過ぎた。

「して、それがしは、お屋形さまのために、いったい何をいたせばよろしいのでございましょうか」

「管領畠山政長を殺し、将軍を室町の御所から追い出す」

「えッ」

と、右京は開いた口がふさがらなくなった。

いかに反りが合わぬとはいえ、管領を殺し、将軍を御所から追い出すとは話がおだやかではない。それは足利幕府に対する謀叛《むほん》そのものではないか。

「誤解いたすな。そなたに畠山を殺せと申しておるのではない」

「しかし、将軍さまを室町の御所から追い出すとは、ご謀叛……」

「謀叛にはあらず。将軍義材を追い出したあとには、わが意のままになる新しい将軍を迎える。わしは、畠山に代わって管領となり、幕府の実権を握るのじゃ」

「……」

灯明の明かりに照らし出された政元の顔は、右京の目に、愛宕太郎坊の大天狗そのもののように映った。

「わしは愛宕山に籠もり、戦勝祈願をいたしておった。しかし、修法《しゅほう》を完成させるには、女人との交わりを欠くことができぬ」

「女人との……」

「そうじゃ。わしは、生涯不犯《ふぼん》の誓いを立てておるゆえ、女人と交わるわけにはいかぬ。そこで、そなたの助けが入用となる」

政元は言うと、枕元に置いてあった金銅製の五鈷鈴《ごこれい》を振った。

鈴の音が合図だったのか、奥の襖がそろそろと開き、白絹の夜着を着た女が部屋に入ってきた。政元の前に、三つ指をついて平伏する。

妙齢の美女であった。さらさらと長い黒髪が、板床にこぼれている。

「これなる女は、名は明かせぬが、さる公家の姫じゃ。わしと同じ愛宕大権現を信仰する公家が、修法のために、処女《おとめ》の姫を差し出してくれた」

政元は口もとに不気味な微笑を浮かべた。

「右京。そなたには、今宵より百日のあいだ、この女と毎晩交わってもらう。異存はなかろうな」

「はッ……」

「交わってのち、女の秘所より溢《あふ》れた和合水を、これに百遍塗りつけるのだ。これは密教の呪法《じゅほう》ぞ」

政元が床の間にあった黒塗りの行器《ほかい》から取り出したものを見て、右京は、

「あッ」

と、声を上げた。

それは人の髑髏《どくろ》であった。闇のなかにしらじらと浮かび上がり、ぽっかりと空いた眼窩《がんか》が呪うようにこちらを見ている。

（なんということを……）

右京は、あまりのおぞましさに身のうちが震えた。

「さあ、女を抱け」

政元が命じた。

右京が、さすがにためらっていると、

「何をしている。主君の命がきけぬかッ」

政元の双眸が狂気の光を帯《お》びる。右京が一言でも逆らえば、即座に斬り捨てかねない勢いだ。

（仕方がない……）

右京は観念し、

「御免《ごめん》」

と、女を床に押し倒した。

五

右京は毎晩、女を抱き、和合水を髑髏に塗りつづけた。

右京が女と交わっている間、政元はまたたきもせず、じっと行為を見守っている。

(何を考えておいでなのだろう……)

右京は時おり、主君の政元のほうをうかがったが、政元はことさら興奮するでもなく、いつも感情のない虚《うつ》ろな目で、じいっとこちらを見ているだけである。

その憑かれたような眼差しは、童が道ばたの蟻《あり》の行列に見入っているさまによく似ていた。

(お屋形さまにとっては、男女の営みさえも、単なる修法のひとつに過ぎないのだ。お屋形さまに、人の心はあるのだろうか……)

不思議といえば、右京の下に組み敷かれ、夜ごと異様な交わりに耐えている女の胸のうちも、また謎だった。

女は、政元からそのように言い含められているのか、行為の最中も一切声を洩《も》らさない。眉根に皺《しわ》を寄せ、雪をもあざむく白い肌をほんのりと紅潮させ、見も知らぬ男の体を受け入れているのである。

（お屋形さまは、さる公家の姫君だと申されていたな……）

女が清らかで、美しければ美しいぶんだけ、右京は相手が哀《あわ》れになり、しだいに交わりを持つのが辛くなっていった。

修法がはじまって、十日目——。

常のごとく、右京が夜更け過ぎに主君の寝所に参上すると、しとねにいつもの姫君の姿はなく、代わりに、色白の姫とは似ても似つかぬ浅黒い肌をした野性的な肢体《したい》の若い女が横たわっていた。

「あの、いつものお方は……」

「そのほう、愛宕の修法の相手に心を移したであろう」

政元が鷹のようなするどい目で右京を睨んだ。

「それは……」

たしかに、政元の言うとおりであった。

右京は、主君の前で行為をおこなうことに苦痛を感じながらも、いつしか言葉さえかわさぬ、体の交わりだけの相手にひそかな恋心を抱きはじめていたのだった。それは、異形の肉欲のなかから芽生《めば》えた、ほとんど奇跡のようなかそけき恋だといっていい。

「隠してもわしには分かるぞ」

「お屋形さま……」

「修法をおこなう者が、相手に心を移し、思慕《しぼ》の情など抱いておるようでは、よき和合水は得られぬ。もっともわしは、そなたのそうした初心《うぶ》なところに目をつけ、修法の承仕として白羽の矢を立てたのだがな」

くっくっと喉仏《のどぼとけ》を震わせる政元の笑いは、ほとんど魔物のようであった。

「さあ、右京よ。今宵も女を抱け。無用なあわれみの心など、きれいさっぱり捨て去るのじゃ……」

「………」

右京は政元に命じられるまま女を抱いた。貫き、果て、おのが精液と女の愛液が入り交じった和合水を髑髏に塗りつけた。

新しい女に代わって十日後に、政元はまた別の女を連れてきた。

そのころになると、右京も人並みの感覚をしだいに失い、ただの行為として女を抱くようになっていた。

しかし、右京がいかに壮健な若者とはいえ、連夜のこととなれば、さすがに身にこたえてくる。

修法をはじめて六、七十日を過ぎるころには、右京は目の下に隈《くま》ができ、げっそりと痩《や》せ衰えた幽鬼のごとき姿になっていた。

屋敷に仕える朋輩たちは、

「少々、夜のおつとめが過ぎるのではないか」

「殿に骨の髄《ずい》まで愛され、おぬしはつくづく果報者だのう」

などと、やっかみまじりに皮肉を言った。

朋輩たちは、毎夜、右京が政元の寵愛を受けているものとばかり思い込んでいるのである。

（みな、何も知らぬのだ。お屋形さまが秘密の修法をおこなっているのを……）

ことがことゆえ、右京は誰にも打ち明けられず、苦悶《くもん》の日々を送った。

百日の修法が成就したのは、翌明応二年（一四九三）、一月も末のことであった。

政元は、修法が成ったあとも、なかなか動かなかった。事変を起こす、時期を見ていたのである。

細川政元が動き出したのは、その年の四月に入ってからだった。管領畠山政長が一族の内紛を抑えるため、将軍義材を擁《よう》して河内《かわち》へ出陣したすきに兵を起こし、京の畠山邸を焼き打ちした。

政元は時をおかず、将軍義材を廃し、新将軍として堀越公方《ほりこしくぼう》足利政知《まさとも》の子、義澄《よしずみ》を迎えると天下に宣言した。

もちろん、政元に出し抜かれた畠山政長が、黙って納得するはずはない。畠山政長は、ただちに河内の正覚寺《しょうかく》に立て籠もり、反撃態勢をととのえた。

軍勢をひきいて河内へ攻め入った政元は、正覚寺を取り囲んだ。

正覚寺は浄土真宗の寺だが、周囲を深田と沼にかこまれ、城塞《じょうさい》といっていいほどの要害である。深田にはばまれ、細川勢は攻めあぐんだ。

二日たち、三日たっても落とせない。

深田に入って近づこうとしても、寺の塀のうちから矢をさんざんに射かけられ、いたずらに負傷者が増えるだけだった。

このまま、膠着《こうちゃく》状態がつづけば、畠山勢に援軍が来ないともかぎらない。

「どうなさるのじゃ、お屋形さま」

と、老臣たちが口々に、政元に詰め寄ったとき、

「あわてるな。われらには、愛宕大権現の御加護がある」

政元は自信に満ちた顔で笑い、かたわらに控えていた右京に、黒塗りの行器《ほかい》に入っ

た髑髏を持って来させた。

行器のなかから髑髏を取り出した政元は、それをうやうやしげな手つきで白木の三《さん》方《ぼう》の上にのせた。髑髏には、表面につやつやと漆が塗られ、眼窩に水晶の目が嵌《は》め込まれ、復顔がしてあった。

一見したところ、木彫りの仏像の頭のようにしか見えないが、右京がみずからの手で和合水を塗り込めた髑髏である。

政元は髑髏の前で旅壇具《たびだんぐ》を広げ、塗香器《ずこうき》、灑水器《しやすいき》、火舎《かしや》、華台、六器、独鈷杵《とつこしよ》、輪宝などを据え、護摩祈禱をはじめた。

南莫三曼多《ノウマクサンマンタ》、縛曰羅赧《バアザラタン》、憾《カン》

南莫三曼多、縛曰羅赧、憾……

呪文が夜の闇に響いたとき、星がひとつ、北の空から西へ向かって流れるのが、武将たちの目にはっきりと見えた。

(何かが起きる……)

右京は、胴震いを感じた。

その夜遅く――。

敵将畠山政長は、家臣の裏切りにより、胸を刀で刺されて死んだ。将を失った畠山勢は、日をおかず降伏。政元は前将軍義材を捕らえて幽閉した。

六

畠山政長を滅ぼし、管領の座を奪い取った細川政元に、もはや恐れる者はなかった。十一代将軍足利義澄は、政元のあやつり人形にひとしい。

将軍を陰で動かし、幕政を意のままにする政元のことを、世人は、

——半将軍

と、呼んだ。文字どおり、〝半ば将軍に異ならず〟というのである。

現世の権力を手中におさめた政元は、邪魔な敵を根絶やしにし、さながら魔王のごとく京の都に君臨した。

（これもすべて、愛宕の外術のせいか……）

政元の近習《きんじゅ》となり、よりいっそう主君のそば近く仕えるようになった右京は、どこか冷めた目で、政元の得意絶頂の姿を眺めていた。

（恐ろしい……）

外術の凄《すさ》まじさを目の当たりにしただけに、右京はなおさら、愛宕の大天狗の化身

とも言うべき政元が権力の座にあることに恐怖を感じた。

だが、世は何事もなく、平穏におさまったまま、月日のみがいたずらに流れた。

政元は〝半将軍〟になってなお、外術に狂い、しばしば京を抜け出しては愛宕山に籠もって修行をつづけた。その政元に諫言《かんげん》できる者は、世にひとりとしてなく、みな政元の異形の力を恐れ、息を殺すようにして従っていた。

細川家の内部に微妙なさざ波が立ちはじめたのは、文亀二年(一五〇二)、政元が四国阿波《あわ》の分家より、養子の孫六郎澄元《まごろくろうすみもと》を迎えたときからであった。

愛宕大権現に誓いを立て、若いころから女断ちをしている政元には、妻もなく、跡取りの息子もいない。ために、政元は公家の九条《くじょう》家から源九郎澄之《げんくろうすみゆき》という養子を貰《もら》い受けて跡取りにしていたのだが、そこへ新たにもうひとりの養子を迎えた。

「また、お屋形さまの気まぐれがはじまったぞ」

家臣たちは陰でささやいた。

政元は人に対する好悪の情が、偏執《へんしゅう》的なまでに強い。はじめのうちは気に入り、衆道の相手にもしていた九条家の源九郎が女にうつつを抜かしたと知るや、政元はこれを嫌い、阿波の分家から迎えた孫六郎を可愛がるようになった。

たんなる人の好き嫌いであるうちはいい。

やがて、細川家の家中は、政元の跡目をめぐって真っ二つに割れ、激しくいがみあうようになった。

源九郎派には香西、薬師寺、安富《やすとみ》らの老臣がつき、孫六郎派には阿波から従ってきた三好長輝《みよしながてる》なる切れ者の家宰がついた。

氷上右京は、二派のいずれにも属さなかった。

（お屋形さまは、家中の者たちをたがいに争わせ、ご自分は高みの見物をして楽しんでおられる……）

愛宕の外術に加担させられてよりこの方、つねに主君の身辺にあって、影のごとく仕えてきた右京には、政元の心事が手に取るようによく分かった。

（あの方は、人が争い、血を流し合うのを見るのがお好きなのだ。あるいは、お屋形さまは、生まれながらの魔王であるのかも知れぬ）

右京は、愛宕山中で政元と出会って以来、ずっと感じつづけていた恐怖の思いを新たにした。

右京は、たんに恐れを覚えるばかりでなく、人々の上に君臨し、また自分の人生をも狂わせた政元に、言いようのない憎しみを感じはじめていた。

右京はいつしか、まともに女人と交わることができなくなっていた。政元に命じられておこなった異様な儀式の数々が、男としての右京をいびつにしていたのである。

（あのような魔王を、この世に生かしておいてよいものであろうか……）

右京は悶々と悩んだ。

今宮《いまみや》神社の春の御霊会《ごりょうえ》の日、祭りの賑《にぎ》わいにまぎれて境内《けいだい》をそぞろ歩いていた右京に、

「うかぬ顔じゃな、氷上右京」

と、声をかけてくる者があった。

振り返ると、そこに立っていたのは、老臣の香西元長であった。

元長は人気の少ない境内のはずれまで、右京の袖を引いていくと、

「そなたがうかぬ顔をしておるわけ、わしはよう存じておるぞ」

「香西さま……」

「お屋形さまのことであろう」

大黒天のような恰幅《かっぷく》のいい体をした老臣は、右京の心を見透《みす》かしたように言った。

右京が黙っていると、

「何も申さずともよい。お屋形さまの人を人とも思わぬなされようは、長年、お仕え

してきたわれらでさえ、肚《はら》にすえかねているのだ」

「どうすれば、家中の争いをおさめ、お屋形さまの専横を抑えることができましょうか」

右京は、藁《わら》にもすがるような気持ちで聞いた。

「争いをおさめるのは、いたって容易じゃ」

「容易とは」

「お屋形さまを弑《しい》したてまつるのよ」

香西元長は、右京の耳元で歌うようにささやいた。

「お屋形さまを殺す……」

「家中の平安のためじゃ。われら老臣は、すでに肚《はら》を決めておる。ただ、あのお屋形さまに、刃物を振るう勇気のある者がなかなかおらぬでな」

「それを、それがしにせよと？」

「無理にとは申さぬ。だが、そなたもお屋形さまの呪縛から逃れたいのではないか」

「しかし、お屋形さまには外術が……」

「なあに、お屋形さまとて、いつも外術で身を守っておられるわけではない。風呂にでも入って、ふと気がゆるんだとき、そのときこそがお屋形さまを弑する好機じゃ」

香西元長はニッと笑うと、右京のふところにずしりと重い袋をねじ込んだ。

「これは……」

「砂金だ。金には大黒天の守りがついておる。取っておけ、右京」

右京はあわてて袋を返そうとしたが、

「返せば、そなたの命もないぞ」

と、脅すように言った元長の顔は、外術に取り憑かれた主君政元の顔に似ていなくもなかった。

永正四年（一五〇七）六月二十三日、管領細川政元は入浴中、家臣たちに襲われた。

用意してきた油壺を右京が政元の頭上にぶちまけ、そこへ老臣の香西元長が火を放った。全身、火ダルマになりながら、

（おのれッ……）

政元は裏切り者の家臣たちにつかみかかって来ようとした。

右京たちはそれを取り囲み、槍でめった刺しにした。

さしもの細川政元も奇怪なうめきを上げながら絶命した。享年四十二。

政元の死後、京洛はおおいに乱れ、やがて三好長輝が実権を握り、織田信長《おだのぶなが》が上洛するまで、三好氏は京の支配者でありつづけた。

氷上右京は丹波高山寺《こうざんじ》で出家し、慈雲《じうん》と称した。

慈雲は法力第一の験者《げんじゃ》として知られたが、老いてのち、

「わしはかつて、京で恐ろしい天狗を殺したことがある」

と、弟子たちに語ることがあったという。

浮かれ猫

一

沖田総司《おきたそうじ》は、大市《だいいち》のすっぽん鍋が好きである。

大市は京の千本通《せんぼんどおり》に面した名代のすっぽん料理屋で、創業は元禄年間。もとは仕出屋だったが、秋から冬の寒い季節に出したすっぽんの丸鍋が好評だったため、すっぽん料理専門の店になった。

総司をその店にはじめて連れていったのは、近藤勇《こんどういさみ》だった。

「総司、おめェ近ごろ顔色がよくねえようだな。たまには精のつくもんでも食え」

と、京へ来てから咳《せ》き込むことの多い、総司の身を気づかってくれたのである。鉄の結束を誇る新撰組の局長として、日ごろは恐れられている近藤だが、在所の多摩《たま》以来の同志である総司には、まるで父のようにやさしい。

総司は最初、

「近藤さん、そんなもの食えやしませんよ」

と、毛嫌いし、すっぽんには箸をつけなかったが、無理にすすめられて、丸鍋の煮えたぎった汁をすくって飲んでみると、これが意外にうまい。さらに、米を入れて雑《ぞう》炊《すい》にし、丸鍋の底に焦げついたおこげをこそげ取って食べるとますますうまい。

「なんだか、体の芯から暖まってくるような気がしますねえ」

「そうだろう。京の粋筋は、この店のすっぽんで精をつけてだな、すぐそこの北新地《きたしんち》に繰り出すというわけよ」

近藤の言うとおり、大市の店のすぐ裏は、北新地とよばれる遊郭街になっている。桃山時代からつづく上七軒《かみしちけん》遊郭の出店として、享保年間に茶屋が建ち並びはじめたもので、西陣《にしじん》の織工たちが足繁く通った。

北新地の女は、いっぽんに情が濃いといわれる。島原や上七軒、祇園《ぎおん》といった高級遊郭街とくらべ、かえって風情があるという通《つう》も多かった。

「どうだ、おめえも行くか」

という近藤の誘いを、総司は軽く笑いながらことわった。茶屋の女を囲っている近藤と違い、商売女は苦手である。

しかし、以来、すっぽん鍋のほうはやみつきになり、隊の若い連中を誘って大市に足を運ぶことが重なった。

その日も、総司は杉本鍬次郎《すぎもとくわじろう》、清原孔三《きよはらこうぞう》の二人の隊士とともに、大市の奥座敷ですっぽん鍋をつついた。総司自身は酒をたしなまないが、杉本、清原の二人はいける口である。

店を出たときには、二人ともかなり酩酊《めいてい》し、足元がふらついていた。

「おい、杉本君、清原君。気をつけろよ。われわれ新撰組に遺恨を持つ浪士は、この京にごまんといる。いつ暗がりから、刃物が伸びて来ぬものでもない」

総司が言うと、豪傑肌の杉本がカニの甲羅《こうら》のように赤くなった顔をだらしなく崩し、

「なあに、沖田さん。この京の町で、沖田さんにかなうほどの剣の使い手がいるものですか。われらとて、不逞《ふてい》の浪士におさおさ遅れを取るものではない」

「そのとおり」

清原孔三は、普段はおとなしい口数の少ない男だが、酒が入ってこれも気が大きくなっている。

「浪士が怖くて新撰組などやっていられませんよ。どうです、光清寺《こうせい》の浮かれ猫ではありませんが、われわれもひとつ、この勢いで北新地へでも繰り出そうではありませ

んか」

「おお、それはいい。浮かれ猫とは、よく言ったもんだ」

杉本が手に持った扇子で、脂《あぶら》の浮いた首筋をぽんとたたく。

「二人とも、明日は早朝から市中見廻りの隊務がある。屯所へもどるぞ」

杉本、清原とも、北新地にはまだ未練がありそうだったが、一番隊隊長の沖田には逆らえない。やむなく、両側に寺の白塀がつづく出水《でみず》通を、壬生《みぶ》の屯所へむかって歩きだした。

春である。風は生暖かい。

人通りの絶えた暗い道をしばらく行ったとき、

「お、桜が咲いておるわ」

前を歩いていた杉本鍬次郎が足をとめた。

総司が見上げると、なるほど、寺の山門のむこうに枝垂《しだ》れ桜が繚乱と咲いている。夜闇のなかに咲き誇る花は、まるで羽衣《はごろも》を着た天女のように見えた。

「噂《うわさ》をすれば、ここは光清寺ではないか」

山門にかかった扁額《へんがく》を見て、杉本が言った。

「光清寺の浮かれ猫も、われら同様、北新地の綺麗どころとはとんと縁がないというわけか」

「杉本君」

「なんですか、沖田さん」

「君も清原君も、さっきから浮かれ猫がどうのこうのと言っているが、それはいったい何なのだ」

「沖田さん、ご存じなかったんですか」

後ろからやってきた清原が、なんだといったような顔をした。隊での地位は沖田のほうが上だが、上方《かみがた》育ちの二人は沖田より京の町をよく知っている。

「ひとことで言ってしまえば、たんなる猫の絵にすぎないんですが、ここの光清寺の猫の絵にはね、ちょっとしたいわくがあるんですよ」

「なんだ、そのいわくというのは?」

「論より証拠、まずは寺のなかへ入ってみて下さい」

清原にうながされ、総司は山門をくぐった。

その猫の絵というのは、門を入ってすぐ左手にある祠《ほこら》の軒先にかかった絵馬《えま》に描かれていた。紅い牡丹《ぼたん》の花のまわりに蝶が飛び交い、その下に三毛猫《みけねこ》がうずくまっている。体は横向きだが、顔は正面を向き、銀色の目がひたとこちらを見つめていた。いわゆる真《ま》っ向《こう》の猫の図である。

　白い月明かりが、猫の顔を明るく照らし出していた。

（おや）

　と、総司が思ったのは、古色をおびたその絵馬に、金網がかかっていたからである。赤茶色く錆《さ》びついた金網は、絵馬全体をおおいつつんでいる。

「あの金網はなんだ、清原君。まさか、盗難よけではあるまい」

「お気づきになられましたか」

　清原が意味ありげな顔をした。

「猫が、外へ浮かれ出ないようにしているんですよ」

「浮かれ出る……。絵馬の猫が？」

「そうです。この光清寺は、ご存じのとおり、北新地のすぐそばにあります。寺の境内にだって、芸妓《げいこ》たちのつまびく三味線《しゃみせん》の音色が流れてくる。その楽の音に浮かされ、絵馬に描かれた猫が外へ出て踊り出すってわけです」

「なんだ、ただの作り話か」

　総司があきれたように言うと、清原は大まじめな顔で、

「たんなる作り話とはわけが違います。この祠へお参りに来る芸妓たちや寺の坊主

が、何人も月夜に踊る猫の姿を見ているんです」

「ばかな……」

「ほんとうですよ。だから、こうして金網をかけて、猫が浮かれ出ないようにしているんじゃありませんか」

「それで、浮かれ猫と呼ばれるわけか」

「はい」

東国生まれの総司は、京の町衆のかたくななまでの迷信深さが、どうもよくわからない。江戸にも神社や寺はあるが、初詣《はつもう》でや墓参りのときに行くきりで、京のように、神や仏に対する信心が人々の心の中までふかぶかと根を張っているわけではない。

「両君とも、そろそろ行こう。こんなところで無駄《むだ》話をしていてもはじまらない」

「待って下さい、沖田さん」

桜の木にもたれていた杉本鍬次郎が、酒臭い息を吐きながら、つかつかと絵馬に歩み寄った。

「思えばこいつも……」

と言うと、杉本はいきなり腰の刀に手をかけ、抜刀一閃《いっせん》、絵馬にかかった金網に斬りつける。金網は、ものの見事に両断された。

「何をするんだ、杉本君。酒のせいで頭がおかしくなったか」

「私はいたって正気ですよ。花街の近くにいながら夜歩きもできぬとは、この猫も哀れなやつじゃありませんか。せっかくの花盛りだ。今夜くらいは、こいつを外で遊ばせてやろうと思いましてね」

杉本はごつい手で、金網の破れ目をぐいと左右に押しひろげた。

二

「沖田さん、入ってもいいですか」

障子《しょうじ》をへだてた縁側のほうから声がした。部屋で刀の手入れをしていた総司は、ふと手を止め、

「その声は、清原君か」

「はい」

「何か用か」

「折り入って、お話ししたいことがありまして」

「まあ、入りたまえ」

総司は刀を鞘《さや》におさめ、床《とこ》の間《ま》の刀掛けに片付けた。

「刀の手入れをしておられたのですか」

「刀は武士の魂だからな。つねに大事にしておかねば、いざというとき役に立ってくれぬ」

「それはそうです……」

清原孔三は総司の向かい側に正座した。見ると、清原の顔色がすぐれない。

「なんだ、風邪《かぜ》でもひいたのか」

「いえ」

と、清原は首を横に振ったが、たしかに元気がない。目の下に隈《くま》ができ、心なしか頬もこけている。病気というより、気やつれという感じだった。

「どうしたのだ、清原君。なにか心配ごとでもあるようだが」

「ええ」

「遠慮なく言いたまえ。私でよかったら、何でも相談にのる」

「沖田さんでなければ、言えぬ話なのです。ほかの者に言っても、ばかばかしいと一笑に付されることでしょう」

「とにかく話してみろ」

いつもは陽気な総司だが、このときばかりは清原の思いつめたような目に、ただならぬものを感じた。

「じつは、杉本君のことなんです」

「杉本君か……。もう一月になるな。巡察帰りの杉本君が、誰とも知れぬ不逞《ふてい》のやからに斬られてから」

新撰組では隊ごとに交替で京都市中を巡察するきまりになっている。その日、杉本は市中見廻りの途中、西本願寺《にしほんがんじ》の近くまで来たとき、突然気分が悪いと言い出し、一人だけ先に帰った。

杉本はそのまま、朝まで壬生の屯所にはもどらず、何の連絡もなかった。豪傑肌の杉本のことだから、女のところにでも遊びに行き、寝過ごしたのだろうと、みな気にもとめなかった。

杉本の死体が発見されたのは、翌日の昼のことであった。屯所に通報が入り、隊士たちが駆けつけてみると、五条河原《ごじょうがわら》の草むらに、何者かに惨殺された杉本鍬次郎の死体がころがっていたのである。

近藤の命令で、隊士たちは下手人《げしゅにん》を血眼《ちまなこ》になって捜した。だが、結局、下手人はわからずじまいとなり、誰もがその事件を忘れかけていた。

「君と杉本君は仲が良かったからな」

「われわれは二人とも、同じ丹波亀岡《かめおか》の出。なにかと助け合うことも多かったのです」

「遺骨は実家へ届けたのだったな」

「はい、私が届けました」

「清原君」

と、総司は膝を乗り出し、

「京都には、われら新撰組をこころよく思わぬ浪士が多い。杉本君のことは残念だったが、それをいつまでも気にするようでは新撰組隊士はつとまらぬぞ」

「わかっております。ですが、私が気にしているのは、そういうことではありません」

「では、下手人の心当たりでもあるというのか」

「いえ」

清原は小さく首を振り、総司の後ろにある床《とこ》の間の刀をじっと見つめた。

「沖田さん……。沖田さんは、あのとき、杉本君の傷をご覧になりましたか」

「いや。あのときは大坂へ行っていたので、騒ぎはあとで知ったが」

「私は、杉本君の死体が見つかった日、真っ先にかけつけて傷をあらためたのです。あれは、ただの刀傷ではなかった。杉本君の首についていたのは、何か鋭い刃物でえぐり取ったような無残な傷でした」

「……」

「その傷が……」

「何が言いたいんだ、清原君」

総司は清原の奥歯にものがはさまったような言い方に、軽い苛立《いらだ》ちを感じた。

清原は、そんな総司の思いを知ってか知らずか、

「べつに何も……。ただ、そのとき杉本君の死体のそばに猫がいたんです」

「猫だと」

「そうです。毛並みのいい、綺麗な三毛猫でした。そいつが、冷たくなった杉本君のそばにじっとうずくまっていた」

「猫くらい、どこにでもいるだろう」

「ただの猫ではなかったんです。私にはどうも、その猫の顔が、例の光清寺の浮かれ猫に似ているような気がして」

と言うと、清原は何かにおびえたような目で、ちらりと障子のほうを振り返った。

「考えすぎだよ、清原君」

「いいえ、沖田さん。話はそれだけではないのです」

「というと」

「出るんですよ」

「出るとは、何が」

「例の猫が、私の行く先々にあらわれるんです。水戸藩ゆかりの医師の子息を捕縛したとき、松原《まつばら》通木屋《きや》町で火付けをした長州の浪士をたたき斬ったとき、ふと気がつくと、あの猫が暗い銀色の目で、路地《ろじ》のかげからこちらを見ているんです」

「ばかな……」

「最初は私も気にしていませんでしたが、近ごろ、どうも気になって」

「君は疲れているのだ、清原君」

総司は、清原の身を気づかった。

不逞《ふてい》の浪士を斬ることはもちろん、昨日まで一緒に飯を食っていた仲間でさえも粛清の名のもとに断罪される新撰組である。気の弱い者は、精神が不安定に陥《おちい》りやすい。

「少し、隊務を休んだほうがいい。近藤さんや土方《ひじかた》さんに私から言っておこう」

「いいんです、沖田さん。これくらいのことで仕事を休むようでは、士道不覚悟で土方さんに切腹を命ぜられてしまいますよ」

と言うと、清原は力なく笑った。

「ただ、誰かに話を聞いてもらいたかっただけなんです」

「ならば、よいが……」

そのわずか、三日後のことである。新撰組隊士清原孔三が、壬生寺境内の松の木で首をくくって果てたのは——。

清原の死は、たんなる病死として処理された。

三

「これはな、総司。おめェしかできねえ仕事だ」

酒をあおった近藤が、目の奥をぎらぎら光らせて沖田総司をにらんだ。

そういう表情をみせるときの近藤が言い出すのは、きまって人斬りの相談である。

人に聞かれてまずい話だから、愛人の駒野《こまの》の妾宅《しょうたく》に総司を呼んだのだろう。

その駒野も、最初に酒と肴《さかな》を運んだきり、姿をみせない。

「誰をやるのですか」

総司はきいた。

「内山彦次郎《うちやまひこじろう》という男を知っているか」

「いえ、知りません」

「大坂西町奉行所の与力《よりき》だ」

「ああ、あの大坂角力《ずもう》のときの……」

「思い出したか」

「ええ」

一年前のことである。近藤をはじめとする新撰組の面々は、勤王の浪士を取り締まるため、大坂へ下ったことがある。そのとき、つまらぬことから大坂角力の力士たちといさかいになり、天満八軒屋《てんまはちけんや》の川岸で力士の一人を斬り捨てた。

その事件の吟味にあたったのが、西町奉行所の与力、内山彦次郎であった。

「あのときは、近藤さん、ずいぶんご立腹でしたね」

「つまらねえ小役人のくせに、われわれのすることに難癖つけるからだ」

「それだけで幕府の役人をやるんですか。いくらなんでも、無謀ですよ」

「いくらおれだって、そんな小さな遺恨ぐらいで人は斬らん。やつァ、幕府の禄を食《は》んでいながら、長州と結んでいるのよ」

「ほんとうですか、近藤さん」

「間違いねえ。監察の山崎烝《やまざきすすむ》が調べあげてきたんだ。内山は幕府の信用を落とすために、与力の地位を利用し、わざと米の値段を引き上げるよう画策した。それだけじゃねえ、今度は燈油を買い占め、油の値を吊り上げようとしている。角力の一件でわれわれに難癖をつけたのも、やつが勤王だからよ」

「なるほど」

「やってくれるな、総司」

「私に否《いな》やはありません」

「やっぱり、おめェはいいやつだ」

近藤は嬉しそうに酒をあおった。

沖田総司が近藤勇とともに大坂へ下ったのは、翌朝のことである。暗殺行に加わったのは、二人のほかに原田左之助《はらださのすけ》、永倉新八《ながくらしんぱち》、井上源三郎《いのうえげんざぶろう》という、隊中えり抜きの手だれたちだった。

その夜、四つ下がり（午後十時すぎ）、内山彦次郎の駕籠《かご》が天満橋にさしかかったとき、橋のたもとに隠れていた沖田ら四人の隊士は、抜き身の太刀を引っさげ、橋の上におどり出た。内山の駕籠には警護の剣客が一人ついていたが、沖田らの襲撃を知るや、臆病風を吹かせて駕籠屋とともに逃げ去った。

いち早く駕籠に駆け寄ったのは、総司である。総司は駕籠の外からすばやく剣先を突き入れ、深手を負った内山を引きずり出すと、一刀のもとにその首をはねた。川面を渡る夜風に、生ぐさい血の匂いがまじった。

「よくやった、総司」

橋の下で待っていた近藤が、満足そうな表情をみせながら土手をのぼってきた。

近藤の指示で、原田、永倉らが、用意してきた青竹を首に突き刺して橋のたもとに立て、

――此者奸物《かんぶつ》ニシテ、燈油ヲ買締メ、諸人ヲ困窮セシムルヲ以テ天誅《てんちゅう》ヲ加ウルナリ。

と、書かれた立て札を添える。見せしめのため、晒《さら》し首にしたのである。

「みな、引き揚げるぞ」

近藤の声に、総司は血ぶるいした刀を鞘におさめ、凄惨な殺しの現場を立ち去ろうとした。

が――。

動きかけた総司の足が、次の瞬間、ふと止まった。

堤の上の暗闇に、獣の目が光っていた。銀色に光る猫の目であった。二つの目は、ひたと総司を見つめている。

（あれは……）

――猫が出るんですよ、沖田さん……。

死んだ清原孔三の言葉が、不意に脳裡によみがえった。清原は総司に、光清寺の浮かれ猫が自分の行く先々にあらわれるのだと言っていた。

（たんなる偶然にすぎぬ……）

総司は自分に言いきかせ、近藤らのあとにつづいて身をひるがえした。

沖田総司の身辺に、猫がまとわりつきだしたのは、まさにその内山暗殺事件の夜からだったといっていい。総司が立ちまわる先に、かならず銀色の目をした三毛猫があらわれる。

市中見廻りのときもそうである。役目を終えて屯所へ帰ろうとすると、町家と町家のあいだの暗い路地から、その銀色の猫の目がじっと見つめているのに気づく。

長州の浪士をつかまえ、蔵のなかで尋問しているとき、ふと横を見ると、扉の隙間《すきま》から猫の目が光っている。真夜中であろうが、昼日中であろうが、猫はいついかなるときでも総司を見ていた。

甘ったるい猫の鳴き声が耳を離れず、夜、寝床のなかで目を覚ますこともあった。

(たしかに猫の声だ……)

声ばかりでなく、縁側の柱で爪を研《と》ぐような音もする。総司はたまらず、寝床から起き上がり、ガラリと障子をあけた。だが、外は重い闇が垂れ込めているだけで、猫の姿は影も形もない。

(清原の言っていたとおり、光清寺の浮かれ猫が迷い出ているのか)

しかし、仮にそうだとしても、総司に付きまとう理由がわからなかった。清原、杉本の死の原因が、ほんとうに猫にあったのかどうかもわからない。

ただ、総司の身のまわりに、猫が付きまとって離れないことだけは事実である。

(どうやらおれも、憑《つ》かれたようだ……)

総司は縁側に立ちつくしたまま、濡れたような漆黒の闇を見つめた。

四

それから数日後、隊務の合間をぬって、総司は出水通の光清寺を一人でたずねてみた。

清原、杉本と来たときは桜の盛りだったが、いまは寺の境内はむせかえるような木々の緑につつまれている。浮かれ猫の絵馬がかかった祠は、初夏の日差しを浴び、地面にくっきりと黒い影を落としている。

総司は祠の横にまわった。軒下に、あのときと変わらぬ姿で、浮かれ猫の絵馬がかかっている。杉本が切り裂いた金網は、真新しい網に替えられていた。

「もうし、お武家さま」

うしろで声がした。総司が振り返ると、桜の木の下に墨染《すみぞめ》の衣《ころも》を着た老僧が、竹箒《たけぼうき》を手にして立っていた。寺の住職であろう。顔の皺の一本一本が、蠟《ろう》でつくったように白い。

「その絵馬がお気に入りかな」

「いや。ただ、めずらしい絵馬だと見入っていただけのことです」

「それなる絵馬、ご存じかもしれぬが、浮かれ猫と申してな。こうして金網をかぶせておかねば、夜な夜な出歩くという世にもめずらしい代物《しろもの》じゃ」

「昔から、この祠にかけられているのですか」

総司はたずねた。

「この祠はのう、玉照神社と申して、もともとは光清寺ではなく、伏見宮邸の庭にあったものじゃ。絵馬もそのころからすでに、祠にかかっていたものと聞く」

「伏見宮邸に……」

「そう。絵馬にまつわる怪異は、伏見宮邸のころからあったらしい。宮家では怪異をおそれ、菩提寺であるこの寺に祠を移したといういわく因縁がついておる」

総司は、老僧の話を聞いて、猫が自分たちのまわりにあらわれるようになった理由がわかったような気がした。この京の町では、地霊や怨念が澱《おり》のようによどみ、土に、風に、木に、水に、そして人々の心のなかに、いまだに息づいているのである。

総司は絵馬にむかって両手を合わせた。

（すまぬことをした……）

ふかぶかと頭を下げて、ふと顔を上げた総司の目に、金網のむこうの猫の顔がせまってきた。銀色の目が、総司を見つめている。その目と目のあいだに、縦にざくりと真新しい傷があった。

「これは……」

総司はあわてて振り返り、立ち去りかけていた老僧を呼びとめた。

「ご住職、絵馬の猫に傷がついているが、これはいったいどうしたものですか」

「おお、その傷か」

老僧は不愉快そうに眉をひそめ、

「つい二月ほど前のことだが、祠の金網を破った狼藉者がおっての。そのとき、絵馬にも傷がついたらしい。まったく、どこのばか者のしたことやら」

（あのときの傷だ）

総司は青ざめた。

杉本が酔っぱらって金網を一刀両断したとき、勢いあまってなかの絵馬にまで傷をつけていたのだ。

（だからか……）

総司の背筋に、するどい悪寒が走った。

猫はそれきり、あらわれなくなった。あるいは、総司が光清寺へ足を運び、祠に参拝してきた効験かもしれない。

もっとも、総司のほうも、京に潜入した長州の浪士を取り締まるため、ろくに休みもとれない忙しい日々がつづいていた。じっさいのところ、浮かれ猫のことなど思い出す余裕もなかった。

河原町三条の池田屋《いけだ》で、長州の浪士たちが会合を開くとの情報が入ったのは、陰暦六月五日のことだった。この情報は、御用改めで捕縛した浪士古高俊太郎《ふるたかしゅんたろう》の拷問などでわかったものだが、会合の場所は池田屋ともう一ヶ所、三条縄手《なわて》の旅宿四国屋《しこく》だという説があった。

近藤勇はその日のうちに、隊を二手に分け、みずからが率いる一隊を池田屋、もう一隊を副長の土方にまかせ、夜も更けた亥《い》ノ刻《こく》（午後十時）、二つの旅籠屋に同時に襲撃をかけた。

浪士が集まっていたのは、池田屋のほうであった。近藤とともに真っ先に池田屋へ飛び込んだ総司は、長州の吉田稔磨《よしだとしまろ》をはじめ、数名の浪士をたたき斬った。

池田屋で会合していた浪士のうち、即死者七名、生け捕り二十三名。血しぶきが障子、襖《ふすま》、壁を濡らし、床に死体が丸太のようにころがる修羅場《しゅらば》のごときありさまとなった。

騒ぎがおさまり、旅籠屋に静けさがよみがえったのは夜明け近くのことである。

総司は血と脂の染《し》みついた刀をつかんだまま、裏庭へ出た。むしょうに喉がかわいていた。井戸端に近づくと、そこにも人が倒れている。

釣瓶《つるべ》で井戸水を汲み上げ、浴びるように水を飲んだ。飲んでも飲んでも、喉のかわきはおさまらない。

（また、人を斬ってしまった……）

総司の胸に、ざらついた思いが込み上げてきた。

そのときである。

足もとで鳴き声がした。素足に、ひんやりとした獣の毛がふれる。

思わず、総司は手にした釣瓶を取り落とした。カランと音がし、釣瓶は井戸の底へ落ちていく。

足もとを見た。

そこに、猫がいた。銀色に光る双眸《そうぼう》が、刃物の冷たさをたたえて、総司を見上げている。

「こいつ……」

一瞬、頭がくらっとした。

猫は小さく鳴いてしなやかに身をひるがえすと、井戸端にころがった浪士の死体に近づき、踏み石の上にたまった赤い血を嘗《な》めはじめた。

ぴちゃ
ぴちゃ
明け方の青みを帯びた空気に、血を嘗める音が響く。

（おまえは、人の血が欲しくておれたちのあとについてきたのか……）

「化け猫めッ！」

総司は刀を振りかぶった。猫にむかって真っ向から斬り下ろす。

猫が跳んだ。

総司の斬り下ろした刃が、土をふかぶかとえぐる。

「くそッ」

半歩踏み込んだ総司は、総身が冷えるような悪寒におそわれ、それきり意識を失った。

池田事変の当夜、沖田総司は持病の肺が悪化し、喀血《かっけつ》。以来、病床に伏し、やがて隊務を離れ、江戸に帰った。

総司が死んだのは、慶応四年五月三十日のことである。江戸千駄ヶ谷《せんだがや》の植木屋平五郎《うえきやへいごろう》宅の納屋《なや》で養生していた総司は、二十七歳の若さで孤独のうちに世を去った。

こんな逸話が残っている。

死ぬ三日前のことである。五月晴れ《さつきばれ》の好天にさそわれ、庭に出た総司は、梅の木の根元に黒い猫が一匹、横向きにうずくまっているのを見た。

「婆さん、見たことのない猫だ。この家の飼い猫ですか」

留守番をしていた平五郎の老母に、総司はきいた。老母がそうではないと首を横に振ると、

「刀を持ってきて下さい。私は、あの猫を斬らねばならんのです」

老母が持ってきた黒鞘の刀の柄《つか》に、総司は病みおとろえた手をかけた。しばらく黒猫とにらみあっていたが、やがて、ハアハアと息をはずませ、

「斬れない、どうしても斬れない」

無念そうにつぶやき、納屋にもどっていったという。その黒猫が、光清寺の浮かれ猫であったかどうかは定かではない。

青田波

雪の降らぬ土地の人《しょ》は知らねぇことと存じますが、私《おれ》たち越後《えちご》の者は、大雪をことのほか喜びます。

ときには、家の軒《のき》まで埋もれるほどの丈余《じょうよ》の雪に難渋しねぇわけではありませぬが、雪の多い年は黄金色の稲穂が見事に頭《こうべ》を垂れまする。反対に、ちいとも雪が降らん年は、決まって凶作になり、たくさんの民が飢え苦しむのです。

維新の騒ぎからしばらく経《た》った明治四年（一八七一）、あの年の冬は、これがまぁ薄気味悪いほど雪の少ない年でした。

その年の春でございます。

片柳《かたやなぎ》さまが、私らの羽黒《はぐろ》村へ遣わされて来なったのは——。

＊　　＊

「今度の検見役《けみやく》さまは、えらくまた、若いお方じゃのう」

庄屋屋敷の縁側に腰を下ろした専精寺《せんしょうじ》の住職、智光《ちこう》がうまそうに茶をすすりながら言った。

弥彦《やひこ》山の雪も、谷の奥を残してあらかた解け、早乙女《さおとめ》たちがそろそろ田植えの支度に取りかかろうかという季節である。

庄屋の大川市右衛門《おおかわいちえもん》が、

「たいして若《わこ》うはござりませぬて。今年、三十四だそうで。まだ奥方がいなさらんので、年より若く見えなさるのでしょう」

「ほう、あの男前で独り身か」

「男前はいいが、少しばかり変わったお方のようですわ」

「変わり者というと？」

「村へ来てから、日がな一日、中之口《なかのくち》川の流ればかり見てなさる。わしらが酒席に呼んでも、検見役が村でもてなしを受けるわけにはいかんと言うて、さっぱり来なさらん。あれはよほどの堅物か、偏屈か」

市右衛門は腕組みをし、渋い表情をしてみせた。

この羽黒村は、越後国蒲原《かんばら》郡にあるが、隣国上州高崎《じょうしゅうたかさき》藩の飛領になっている。

高崎藩は、武蔵《むさし》国新座《にいざ》郡、下総《しもうさ》国海上《うなかみ》郡にも飛領を有していたが、なかでも越後のそれは広大で、藩の石高《こくだか》のじつに三割を占めていた。五十嵐《いがらし》川下流の一《いち》ノ木戸《きど》村には、高崎藩の陣屋《じんや》があり、年貢《ねんぐ》の取り立てのために藩の検見役人が派遣されて、村々をまわる定めとなっていた。

この明治四年に廃藩置県がおこなわれ、高崎藩は消滅して代わりに高崎県が誕生。しかし、県知藩事を元の高崎藩主の大河内照聲《おおこうちてるな》がつとめ、県庁の役人もすべて旧高崎藩士であったため、領地支配の仕組みは幕府時代のまま存続するという、奇妙な現象が起きていた。

「藩がのうなったゆえ、わしらの暮らしも少しは楽になるかと思いましたが、こうして相変わらず、高崎県から検見役がやって来る。かえって、年貢が重くなるという噂《うわさ》も流れておりますから、御維新になってよかったやら、悪かったやら」

新しい時代に戸惑《とまど》い、ため息をつくばかりの市右衛門を、

「そういうことなら、村のためにも、なおさら新任の検見役さまを大事にしておかねばの。のう、庄屋どの」

と、智光がなぐさめた。

「その検見役さま、今日も川を眺めにお出《い》でかな」

「おお、さようでござりました。そろそろ昼どきですて、片柳さまのお食事をご用意

せねば」

庄屋の市右衛門は思い出したように膝《ひざ》をたたくと、

「小春《こはる》、小春」

と、庭先を通りかかった娘の名を呼ばわった。

手足の細い、瞳《ひとみ》の大きな丸髷《まるまげ》の娘である。行者《ぎょうじゃ》ケ森《もり》の清水へ水汲《く》みに行っていたのだろう。不意に名を呼ばれて立ち止まった拍子に、肩にかついだ天秤棒《てんびんぼう》の桶《おけ》から水がこぼれた。

娘はあわてて天秤棒を置き、縞木綿《しまもめん》の小袖《こそで》の裾《すそ》が濡《ぬ》れているのも構わずに、小走りに縁側へ駆け寄ってきた。

「片柳さまへ中食《ちゅうじき》をお届けせよ。くれぐれも、粗相《そそう》のないようにな。それと、瓢箪《ひょうたん》に入れて酒も持って行け」

「酒、でございますか」

「あの堅物――いや、片柳さまが酒をたしなまれぬのはわかっておるが、たまには喉《のど》がお渇きになることもあろう。わかったら、さっと行け」

「あの、旦那さま……。検見役さまはどちらへ」

「決まっておる。いつものところよ」

「はい」

小春と呼ばれた娘は、くるりと踵《きびす》を返し、どこか嬉々とした足取りで庄屋屋敷の台所のほうへ駆けていった。

「小春め、水桶を忘れておるわ」

その小柄な背中を見送って、市右衛門がかるく舌打ちした。

＊　＊

小春は台所で、焼き味噌《みそ》の握り飯をつくり、大根の古漬けをそえて竹の皮につつんだ。

白い米の飯は、このあたりの百姓が盆と正月にしか口にできぬものである。味方村《あじかた》にいる小春の祖母と父、幼い弟や妹たちも、こんな旨《うま》そうな白い米の握り飯は夢に見たこともなかろう。

（お母《かあ》が死ぬ前に、一度だけでも食わせてやりたかった……）

去年、病で世を去った母のことを、小春は胸の奥で切なく思い出した。

小春が羽黒村の庄屋屋敷へ奉公に出たのは、八つのときである。まだまだ親に甘えたい年ごろだったが、庄屋の一粒種の坊《ぼ》っちゃまの守《も》り子《こ》をし、その日食うのがやっとの親たちに楽をさせたい一心で働いた。

羽黒村と味方村は、目と鼻の先ほどの近さだが、小春は十七歳の今日までほとんど親の家へもどることなく、ついに母の死に目にも会えなかった。

辛《つら》いとは思わない。

それが自分のような貧農の家に生まれた者には、当たり前のことと受け入れる習いが身に沁《し》みついていた。

そんな小春にとって、この春、生まれてはじめて胸にほたほたと暖かいものが満ちてくるような出来事があった。

（片柳礼三《れいぞう》さま……）

その人の名を、小春は口のなかでそっとつぶやいてみた。

高崎から赴任してきた新しい検見役の片柳礼三《れいぞう》は、小春がこれまで見てきたどんな男とも違っていた。

まず驚いたのは、片柳がいつも憂鬱《ゆううつ》そうな顔をしていることだった。飯を食うとき、庄屋さまから昨年までの年貢のたかを聞くとき、村の田畑を見まわりに出るとき、片柳は決まって眉間《みけん》に深い皺《しわ》を刻んでいる。

（年貢の取り立てのことしか考えなさらねぇ、恐《おっそ》ろしいお方なのか……）

世話係を言いつかった小春がおっかなびっくり給仕をしていると、片柳は口のはしからぽろぽろと飯の粒をこぼし、ふっと横にいる小春を振り返って、

「おれは昔から行儀が悪くてな」

と、悪戯《いたずら》を見つかった子供のように恥ずかしそうな顔をする。

その含羞《がんしゅう》を帯びた控えめな笑顔が、澄んだせせらぎのように胸の奥深く沁み入り、いつしか小春は片柳礼三にほのかな好意を抱くようになっていた。

と言って、それは、

——恋
ではない。

（ご身分が違うすけ……）

小春は専精寺の住職らの話から、片柳が若いころに大坂の緒方洪庵《おがたこうあん》の塾で蘭学《らんがく》をおさめた、学問のある武士だと知った。

手の届かない雲の上の存在ではあるが、片柳のそばにいるとき、小春はなぜか幸せな気持ちになる。

「いつものところにおりなさる」

小春は風呂敷《ふろしき》にくるんだ竹皮包みを、小さな胸にしっかりと抱え、中之口川のほとりへ急いだ。

中之口川――。

米どころ越後のなかでも、ことに肥沃《ひよく》な蒲原平野を流れる信濃川の支流にあたる川である。

もともと、あたり一帯は信濃川が網の目のように分かれる低湿地で、大雨のたびに水害に見舞われていた。戦国時代、これを見かねた上杉家執政の直江兼続《なおえかねつぐ》が、川筋を定めるべく治水工事をおこない、足掛け十六年にわたる難事業のすえに開削されたのが中之口川であった。

以来、兼続の遺徳を慕った村人たちは、この川を〝直江川〟と呼びならわしている。

片柳礼三は、その直江川の土手の上に、いつものごとく貼《は》りついたようにすわり込んでいた。

川面を吹きわたる風が肌に心地よい。

梅や桃、桜の花がいっぺんに咲き乱れ、長い冬から解放されて一度におとずれる雪国の遅い春を告げていた。

「片柳さま、片柳さま」

小春は黒紋付きの羽織をはおった片柳礼三の背中に、はずむような気持ちで声をかけた。

片柳は、しばらく気づかぬようすで川を見つめていたが、やがて土手をのぼってきた小春の足音に振り返り、

「おまえか」

と、かすかに口もとをほころばせた。

「握り飯をお持ちいたしました。どうぞ、お召し上がり下さいませ」

「余計な手間をとらせたな」

「なんも」

「腹は空《す》いておらんが……。せっかくの握り飯だ、馳走《ちそう》になろう。おまえもここへすわって、一緒に食え」

「とんでもねぇ。私《おれ》は……」

「ひとりで食う飯は味気ないものだ。上方にいたころ、おれはなかなか気の許せる友ができずに、いつもひとりで飯を食っていた。口べたというか、不器用な質《たち》なのかもしれぬな」

「そんげな」

「ああ、いい匂《にお》いの握り飯だ」

腹が空いていないと言うわりには、旺盛《おうせい》な食欲をみせ、片柳は飯の粒をこぼしながら焼き味噌の握り飯をたちまちひとつ平らげた。

「ほら、おまえも」

戸惑う小春の鼻先に、片柳が握り飯を差し出した。

やむなく小春が受け取ると、

「旨いぞ」

片柳は笑い、自分も握り飯をもうひとつ頬《ほお》ばり、ふたたび川のほうへ視線を投げた。

しばらくして、

「あの、片柳さま」

握り飯を大事な宝物のように抱えながら、草の上にしゃがんだ小春はおずおずと口をひらいた。

「前からいっぺん、お聞きしてぇと思っておったのですが」

「何だ」

川を見つめたまま、片柳が言った。

「片柳さまはどうして、いっつも中之口川を眺めておりなさるのです」

「あの検見役はおかしいと、庄屋たちが言っていたか」

「そんげなことはございませぬども……」

「見ろ、この川の流れ。これを見て、おまえはどう思う」

片柳の声は、さきほどとは打って変わって厳しいものになっていた。

「水嵩《みずかさ》が、いつもの年より少のうございます」

「そうだ」

「あの、それが何か」

「川の水嵩が少ないのは、今年、山に降った雪が少なかったからだ。雪が少ない年は、ひどい凶作になる」

「凶作……」

「おれはそれを恐れているんだ」

眉間に皺を寄せる片柳の横顔を、小春はおののくような気持ちで見つめた。

片柳礼三の不安は的中した。

この年は梅雨《つゆ》に入っても雨が少なく、早くから真夏のような日射しが照りつけた。もともと雪解け水が少ないこともあいまって、どこの水田も深刻な水不足となり、蒲原平野のいたるところで水喧嘩《みずげんか》が起きるという異常事態に陥った。

ところが――。

本格的な夏に入ると、今度は一転して、雨や曇りの日がつづくようになった。盆が近づいても、袷《あわせ》を着込みたくなるほど肌寒く、冷たい北東の風が田畑を吹き過ぎた。このころになると、

「今年は、えれぇ凶作になるのではあるまいか」

百姓たちは空を見上げ、不安におののくようになった。

気温が上がらないため、二百十日を過ぎても、さっぱり稲の穂が出ない。多くの田で稲が稔《みの》らず、収穫は例年の三分の一にも満たなかった。

もともと蒲原平野は水害が多い。

慶応《けいおう》四年（一八六八）の五月八日にも、大雨による増水で信濃川の土手が決壊。一帯の田畑や民家、寺、神社が押し流され、甚大な被害に見舞われたばかりである。ちょうど、戊辰《ぼしん》戦争の最中であったため、水害をまぬがれた家も兵火に焼かれ、

――水兵の両災

と呼ばれた。

村々が、その後遺症から立ち直りきれずにいたところへ、またしても今度の冷夏による凶作である。

たとえ米が穫《と》れなくても、年貢を納める高《たか》は定まっている。

厳しい取り立てに耐え切れず、金貸しから金を借りる者、先祖伝来の田畑を売り払って当座をしのぐ者もあらわれた。

それでも、金を返すあてのある者や、手放す田畑がある者はまだいい。多くの小作農が、村を逃散《ちょうさん》。なかには娘を泣く泣く女衒《ぜげん》に売り渡したり、娘がない者は年端のゆかぬ息子を、わずかな銭と引きかえに奥会津《おくあいづ》地方へ働きに出したりした。

飢えた人々は、牛馬を殺して食べ、それもなくなると木の根や草をむさぼり食って腹を満たそうとした。

どこの村も、目をおおいたくなるほどの惨状である。

(おれには、黙って見ているしかできぬのか……)

近在の村々のようすを見まわって、羽黒村の庄屋屋敷にもどった片柳礼三は、台所の片隅にうずくまっている小春の姿を見た。

「どうした、小春」

「片柳さま……」

振り返った娘の顔は、涙でくしゃくしゃになっていた。

「何かあったか」

「私《おれ》……。ここにはいられねぇ。片柳さまにも、もう……」

涙声で叫ぶと、小春は両手で顔をおおい、逃げるように外へ駆け去っていった。

片柳礼三はあとで、庄屋の大川市右衛門から事情を聞いた。

「味方村の父親が、三条の女衒《ぜげん》にあれを売ったのです」

「父が、娘をか」

「はい」

市右衛門は暗い目をしてうなずき、

「この飢饉《ききん》で、味方村でも餓死する者があとをたたぬと聞いております。生きていくためには、どうしようもなかったのでございましょう」

「親が子を売って食いつなぐことが、人の道か」

「片柳さま……」

「あんな素直な娘が、遊女屋に……。それでもおまえは、胸が痛まぬのか」

「私どもが胸を痛めたとて、どうなることでもございますまい。売られていく娘は、小春ひとりではございませぬ。娘が身を売って、それで親兄弟が救われるなら、まだまし。多くの百姓が何の救いもなく、野垂《のた》れ死んでいくのでございます」

「そんなことが、赦《ゆる》されてよいのか。ご政道は、いったい何のためにある」

片柳は拳《こぶし》を握りしめ、血を吐くように叫ぶと、

「高崎へ行ってくる。おれがもどるまで、小春を女衒に渡してはならぬ」

「高崎で何をなさるので」

「決まっておろう。殿――いや、高崎県知藩事の大河内輝聲さまに、蒲原郡のこの惨状を訴える」

「お待ち下され、片柳さま」

市右衛門が止めるいとまもなく、片柳礼三は庄屋屋敷を飛び出した。

＊　＊

高崎県の政庁は、高崎城内にある。

高崎は中山道《なかせんどう》の人馬の往来と、利根川支流の烏《からす》川の舟運で栄えた交通の要所である。

城は烏川のほとりに築かれており、三重の天守のほか、多くの櫓《やぐら》をそなえていた。

片柳礼三は城内本丸の御殿で上司にあたる水野出羽守《みずのでわのかみ》に会った。

藩政時代、水野は郡奉行《こおりぶぎょう》をつとめていたが、いまは少助《しょうすけ》の地位にある。名は変わったが、じっさいの役目は従来どおりである。

部下の片柳は権少属《ごんのしょうさかん》と呼ばれていた。

「それほど惨いのか」

片柳から越後の実情を聞いた水野は、神経質そうな細い眉《まゆ》をひそめた。

「生き地獄とは、あのことです。早急に、何らかの手を打たねばなりませぬ」

「粥《かゆ》を施《ほどこ》せばよかろう」

「それは、小手先の救済策でございます。これ以上の餓死者を出さぬためには、もっと抜本的な手を打たねば」

「どうせよと言うのだ」

「思い切って、年貢を引き下げるべきです」

片柳は身を乗り出すようにして言った。

「年貢を下げよとな」

水野が目を剝《む》いた。

「はい」

と、片柳はうなずき、

「わが高崎県は、ほかの諸県にくらべ、藩政時代から年貢がきわめて高率でございます。この非常時、せめて他県なみに年貢を下げるべきではござらぬか」

「ばかを申すな。わが藩では昔から、五公五民と年貢の高は決まっておる。他藩には、六公四民、いや七公三民のところもある。どこが高率だと言うのじゃッ」

頭に血がのぼったせいか、水野は藩と県を混同している。意識のなかには、まだ藩政時代の名残がこびりついているのだから、言葉を取り違えるのも無理はない。

「高崎県の五公五民は、名ばかりにございます」

片柳礼三は淡々と意見をのべた。

「表向きは五公五民なれど、わが県では籾殻《もみがら》から米にかえる籾摺《もみす》りの割合を調整することにより、実質、八公二民の重い年貢を取り立てているではありませぬか。これでは、百姓の負担は増すばかり。すぐにでも、あらためるべきです」

「藩の方針に異をとなえる気か……」

水野は顔面を朱《しゅ》に染めたが、片柳の指摘はまぎれもない事実であった。

高崎県の苛酷《かこく》な年貢は、藩政のころからつづくもので、その不満が積もりに積もった結果、明治二年（一八六九）八月、年貢の引き下げをもとめる大規模な一揆が上州《しゅう》で起きている。それは、二年たったいまも尾を引いており、高崎県は騒動を完全に収めることができずにいた。世にいう、五万石騒動である。

「このままでは、越後でも一揆が起きます。どうか、ご決断を」

片柳は畳に手をつき、深々と頭を下げた。

「県の財政が苦しいときじゃ。年貢を下げることはできぬ」

「民の命よりも、県の財政を優先せよと申されますか」

「ともかく、われらは新しい時代の流れに乗り遅れることを許されぬのだ。少々の犠牲は目をつぶるしかあるまい」

「少々の犠牲……」

片柳は、さっと顔色を白くした。

「水野さまは、民の命をそのように軽いものとお考えでございますか」

「そのほうと、これ以上、言い争いをする気はない。くだらぬ話をしている暇があったら、越後へもどり、年貢を取り立てる算段をせよ」

「水野さま」

「何じゃ」

もはや、この話題に飽きたようすの上司を、片柳は背筋をのばして真っすぐ見つめ、

「民あってこその政《まつりごと》。民なくして、藩も、県も、ましてや国もなし。それがしは、そう信じております」

と、きっぱり言った。

「殿、いや知藩事にお会いして、直接、話を聞いていただきます。どうか、お取り次ぎを」

「身分をわきまえよッ！　一介の検見役ふぜいが、甘い顔をしておれば付け上がりおって」

「なにとぞ、知藩事に……」

「痴《し》れ者がッ！」

座を蹴《け》って立ち上がった水野の耳に、もはや片柳の訴えは届かなかった。

五日後——。

片柳礼三の姿は羽黒村にあった。

庄屋屋敷の冠木門《かぶきもん》の外で、小さな影法師のように立ちつくして待っていた小春が、

「片柳さま、私のためにお殿さまからお咎《とが》めを受けなったのではねぇですか」

いまにも泣きそうな顔ですがりついてきた。

「なぜ、そう思った」

「庄屋さまや村の衆《しゅ》が噂《うわさ》してたすけ……」

「おまえが何も案ずることはない」

片柳は、小春がよく知っている含羞をおびた、少し寂しそうな笑顔をみせた。

「それより、庄屋どのを庭へ呼んでくれぬか」

「はい」

「庄屋だけでなく、専精寺の住職、村の者たちも集めてくれるとありがたい」

「あ、あの……」

小春は何か言おうとしたが、庭のヤマモミジを見上げた片柳の峻厳《しゅんげん》な横顔が、それ以上、彼女にものを問うことを許さなかった。

半刻《はんとき》もすると、村のあちこちから庄屋屋敷の庭に人々が集まってきた。そのなかには、庄屋の大川市右衛門も、専精寺住職の智光もいた。

「片柳さま、何のおつもりでございます」

庄屋の市右衛門が、白装束に身をあらためた片柳をしげしげと見た。

「庄屋どの、それにご住職」

片柳は、市右衛門と智光を澄みきった涼やかな目で見つめ、

「貴殿らを見込んで、ひとつ頼みがある」

「何でございましょうかな」

智光が前にすすみ出た。

「これを高札に書き、領内の村々にくまなく立ててくれ」

と言うと、片柳はふところに手を入れ、一枚の書きつけを差し出した。

書きつけには、こうあった。

――本年、不作ニツキ、年貢五割ヲ減免ス。困窮ノ者ニハ蔵米ヲ施スモノ也。

高崎県権少属　片柳礼三
「こ、これは、年貢を五割減ずると……」

市右衛門と智光が驚いた顔をした。

「そうだ」

片柳はうなずいた。

「殿様がお許しになられたのでございますか」

喜色を浮かべる二人に、

「誰が許したのでもない、天が許したのだ。そのあかしを、おれがこの身でしめす」

片柳は莞爾《かんじ》として笑い、肩をそびやかして庭に敷かれたムシロの上にすわった。

村人たちが息を呑《の》むなか、片柳礼三は粛々と短刀に懐紙を巻きつけ、一瞬のためらいもなく、腹を切って果てたのである——。


みずからの〝死〟をもって年貢の減免を訴えた片柳の行動は、さしもの高崎県を動かした。

越後の高崎県領では、年貢の五割減免と施し米が実施され、餓死者や身売りする者の数が激減した。

羽黒村の村人たちは片柳礼三の美挙をたたえ、血糊《ちのり》のついた装束をおさめて一基の墓を建てた。


あくる年——。

越後では、青々とした稲田が豊かに風に揺れた。

その青田波のなかに建つ片柳の墓の前に、小春は焼き味噌の握り飯をそなえ、両手をそっとあわせた。

（また、私《おれ》の握り飯を食ってくんなせて……）

小春の目から大粒の涙がこぼれた。

初出

「尾張柳生秘剣」　『尾張柳生秘剣』（祥伝社文庫）二〇〇〇年十一月

「吉良邸異聞」　『［バーチャル戦史─仮想剣豪対決］平成の御前試合「天下一武闘会II」』（KKベストセラーズ）一九九四年十二月

（「荒木又右衛門vs堀部安兵衛」改題）

「鬼同丸」　「特選小説」一九九六年五月号

「結城恋唄」　「小説NON」一九九九年八月号

「愛宕聖」　「小説宝石」一九九六年八月号

「浮かれ猫」　「小説CLUB」一九九四年六月号

「青田波」　「月刊PHP」二〇〇八年五月号

一〇〇字書評

切り取り線

購買動機（新聞、雑誌名を記入するか、あるいは○をつけてください）

- □（　　　　　　　　　　　　）の広告を見て
- □（　　　　　　　　　　　　）の書評を見て
- □ 知人のすすめで
- □ タイトルに惹かれて
- □ カバーがよかったから
- □ 内容が面白そうだから
- □ 好きな作家だから
- □ 好きな分野の本だから

●最近、最も感銘を受けた作品名をお書きください

●あなたのお好きな作家名をお書きください

●その他、ご要望がありましたらお書きください

住所	〒				
氏名		職業		年齢	
Eメール	※携帯には配信できません		新刊情報等のメール配信を 希望する・しない		

あなたにお願い

この本の感想を、編集部までお寄せいただけたらありがたく存じます。今後の企画の参考にさせていただきます。Eメールでも結構です。

いただいた「一〇〇字書評」は、新聞・雑誌等に紹介させていただくことがあります。その場合はお礼として特製図書カードを差し上げます。

前ページの原稿用紙に書評をお書きの上、切り取り、左記までお送り下さい。宛先の住所は不要です。

なお、ご記入いただいたお名前、ご住所等は、書評紹介の事前了解、謝礼のお届けのためだけに利用し、そのほかの目的のために利用することはありません。またそのデータを六カ月を超えて保管することもありませんので、ご安心ください。

〒一〇一―八七〇一
祥伝社文庫編集長　加藤　淳
☎〇三（三二六五）二〇八〇
bunko@shodensha.co.jp

祥伝社文庫

上質のエンターテインメントを！　珠玉のエスプリを！

祥伝社文庫は創刊15周年を迎える2000年を機に、ここに新たな宣言をいたします。いつの世にも変わらない価値観、つまり「豊かな心」「深い知恵」「大きな楽しみ」に満ちた作品を厳選し、次代を拓く書下ろし作品を大胆に起用し、読者の皆様の心に響く文庫を目指します。どうぞご意見、ご希望を編集部までお寄せくださるよう、お願いいたします。

2000年1月1日　祥伝社文庫編集部

武者《むしや》の習《ならい》　時代小説

平成21年4月20日　初版第1刷発行

著者　火《ひ》坂《さか》雅《まさ》志《し》

発行者　竹内和芳

発行所　祥《しよう》伝《でん》社《しや》

東京都千代田区神田神保町3-6-5
九段尚学ビル　〒101-8701
☎03(3265)2081(販売部)
☎03(3265)2080(編集部)
☎03(3265)3622(業務部)

印刷所　堀内印刷

製本所　関川製本

ISBN978-4-396-33495-6 C0193

祥伝社のホームページ・http://www.shodensha.co.jp/

祥伝社文庫